Februar 07

dtv

D1865754

Ob virtuos, sehnsuchtsvoll, leidenschaftlich, naiv, frivol, hymnisch, leichtfüßig, schwerblütig, heiter, melancholisch, zaghaft oder stürmisch: Liebende sehnen sich danach, ihre Gefühle in schmeichelnde, werbende Worte zu fassen. Wie viele phantasievolle Möglichkeiten es gibt, das schlichte, vertraute und doch ganz einmalige »Ich liebe dich« in immer neue Formen und Bilder zu kleiden, zeigt dieser Band. Die hier gesammelten Liebeserklärungen aus der Feder gekrönter Häupter, Dichter, Maler und Musiker stammen aus ganz unterschiedlichen Epochen und sind doch so zeitlos wie die Liebe selbst.

Ulrike Ehmann lebt als freie Lektorin in München.
Rosemarie Mailänder arbeitet in einem Münchner Verlag.

Du bist mein Leben, meine Welt

Liebeserklärungen für 1001 Nacht

Herausgegeben von Ulrike Ehmann
und Rosemarie Mailänder

Deutscher Taschenbuch Verlag

Für meinen Süden
R. M.

Originalausgabe
Mai 2006
© Deutscher Taschenbuch Verlag GmbH & Co. KG,
München
www.dtv.de
Alle Rechte vorbehalten.
Umschlagkonzept: Balk & Brumshagen
Satz: Greiner & Reichel, Köln
Gesetzt aus der Centaur 10,75/13· und der Zapfino Two
Grafiken: Zapfino Ornaments
Druck und Bindung: Druckerei C. H. Beck, Nördlingen
Gedruckt auf säurefreiem, chlorfrei gebleichtem Papier
Printed in Germany
ISBN-13 978-3-423-20889-5
ISBN-10 3-423-20889-9

INHALT

Muß denn immer
gleich von Liebe
die Rede sein?

Ja.

Ich
lasse meinem
Gefühl für
Dich
freien Lauf

I.

GESTÄNDNIS

Ich habe ein großes Gefühl für dich.

Wenn ich an dich denke,
gibt es mir einen Schlag.
Wenn ich dich höre,
gibt es mir einen Stoß.
Wenn ich dich sehe,
gibt es mir einen Stich:
Ich habe ein großes Gefühl für dich.

Soll ich es dir vorbeibringen,
oder willst du es abholen?

Robert Gernhardt

Du kannst keinen Schritt gehen noch einen Lidschlag tun, ohne daß es mir einen Stich ins Herz gibt.

John Keats an Fanny Brawne, Mai 1820

ZUFALL

Zugestoßen
bist du mir auf
gerader
übersichtlicher
Lebensstrecke
frontal
Mein Verstand liegt im
Koma seither
mein Körper im Fieber

Versicherungen kommen
dafür nicht auf

Brigitta Rambeck

Du hast ein Feuer in mir entfacht, Geliebte, und es verbrennt mich.

Radclyffe Hall an Evguenia Souline, 7. September 1934

Stellt Euch ein Feuer aus glühendem Eis vor, das zitternd brennt, das der Schmerz vor Freude aufflackern läßt und das die Heilung seiner Wunden fürchtet wie den Tod. So steht es um mich, wenn ich zu Euch spreche. Ich erkundige mich bei den gewandtesten meiner Bekannten, woher diese Krankheit rührt; sie sagen, es sei *Amor*. (...) O Götter! Wenn das wahr ist, was soll dann aus mir werden?

Cyrano de Bergerac, Herzstiche

Ich habe bei Ihnen den geringen Verstand, der mir noch blieb, verloren, und ich fühle, daß ich in dem Zustand, in den Sie mich versetzt haben, zu nichts anderem mehr tauge, als Sie anzubeten. Mein Übel ist um so trauriger, als ich weder die Hoffnung noch den Willen habe, davon geheilt zu werden, und ich Sie, auf die Gefahr von allem, was daraus folgen kann, ewig lieben muß.

Jean-Jacques Rousseau an Mademoiselle Serre, 1736

Ich denke an nichts als an Sie, aber ich kann mich vielleicht noch bekämpfen. Seit den letzten zwei Tagen sehe ich nichts anderes als Sie. All Ihr Reiz, den ich immer gefürchtet habe, ist in mein Herz eingefallen. So sehr, daß ich kaum zu atmen vermag (...). Ich komme Ihnen vielleicht verrückt vor; aber ich sehe Ihren Blick, ich wiederhole mir Ihre Worte (...). Ich habe recht, wenn ich verrückt bin. Ich wäre verrückt, wenn ich es nicht wäre.

Benjamin Constant an Madame Récamier, 3. September 1814

Tasso. Es füllt sich ganz das Herz von Zärtlichkeit –
Sie ist's, sie steht vor mir. Welch ein Gefühl!
Ist es Verirrung was mich nach dir zieht?
Ist's Raserei? ist's ein erhöhter Sinn,
Der erst die höchste reinste Wahrheit faßt?
Ja, es ist das Gefühl, das mich allein
Auf dieser Erde glücklich machen kann;
Das mich allein so elend werden ließ,
Wenn ich ihm widerstand und aus dem Herzen
Es bannen wollte.

Johann Wolfgang von Goethe, Torquato Tasso

Sie haben mich bezaubert das letztemal, als ich Sie gesehen habe, und ich habe Sie noch nie mit solcher Glut geliebt, wie ich es jetzt tue. Sicherlich haben Sie mir den Kopf verdreht.

Sophie Dorothea von Hannover an Philipp Christoph von Königsmarck, 1694

Ich habe mich oft und lange gegen die Liebe gewehrt; nun hat mich's gepackt, nun will ich auch von keiner Teilung meines Wesens zwischen der Welt und meiner Liebe wissen, nun will ich lieben, nichts als lieben (...), bis zum Wahnsinn lieben, Dich, Dich, mein Schatz!

Georg Herwegh an Emma Siegmund, seine spätere Frau, 26. Januar 1843

Ich bin (...) nicht mehr ich. Ich bin ein in stetem Herzklopfen dahintorkelnder Wahnsinniger geworden (...). Nur ein Gedanke, nur ein Trieb, nur eine Sehnsucht beseelt mich: das bist Du!

Alban Berg an Hanna Fuchs, Juli 1925

Ich denke oft so stark an Sie, dass ich glaube, Sie müssen es spüren.

Ninon Dolbin an Hermann Hesse, ihren späteren Mann, 12. März 1922

Wie die Liebe alles verändert und umstürzt! Das »Ich« ist ein Hirngespinst. Ich fühle bestimmt, daß ich nicht »Ich« bin. Ich bin »Sie«, und um das zu sein, brauche ich gar nichts an mir aufzugeben. Ihre Interessen, Ihre Neigungen, Ihr Glück, Ihre Freuden – das ist das »Ich«, lieber Freund, das mir lieb und wert und vertraut ist. Alles übrige ist mir etwas Fremdes.

Julie de Lespinasse an Hippolyte de Guibert, 6. Juli 1774

Du hast den Himmel
auf den Kopf gestellt
und unter meine Füße

Ich geh auf Wolken

in mir die ganze Welt
und alle Ewigkeit
des Augenblicks

Brigitta Rambeck, Sommer

Ich lasse mich gehen, ich weiss es u. will es, ich lasse meinem Gefühl für Dich freien Lauf, vielleicht ist es rücksichtslos gegen Dich u. Deine innere Art, ich weiss es nicht.

Gottfried Benn an Ursula Ziebarth, 23. August 1954

Glaubst Du, daß das Gefühl, das Du für mich hegst, nur Freundschaft ist? Ich glaube es nicht (…). Es ist nicht Freundschaft, sondern Liebe! Ich liebe Dich, Natalie, ich liebe Dich unaussprechlich, so heiß, so tief, wie meine Seele überhaupt lieben kann.

Alexander Herzen an Natalie Sacharin, seine spätere Frau, 14. Oktober 1835 und 15. Januar 1836

Fühlst Du nun, wie ich Dich liebe? Ich kenne kein Dasein mehr als in dem Gefühl, daß Du mein bist, daß ich Dir gehöre. Deine Liebe ist der lichte Punkt in meinem Leben, alles andre verliert sich darin, nur durch sie wird mir alles erhellt, ich hatte keinen Begriff von dieser Existenz, ich suchte umsonst, meinem Leben das Interesse zu geben, das nur allein der Zauber der Liebe geben kann. Eine neue schönre Welt hat sich mir geöffnet, seit meine Seele nur in Dir lebt.

Charlotte von Lengefeld an Friedrich Schiller, ihren späteren Mann, 22. Oktober 1789

Fühle alles, Du, was ich nicht sagen kann, mein süßer kleiner, großer Junge, den ich zärtlich und behutsam in meinen Arm nehme.

Claire Goll an ihren Mann Iwan, 10. Juli 1933

Ich bin heute so glücklich, daß ich gern eine Fahne aus meinem Fenster hängen würde – kennst Du das Gefühl? Ah, Liebster – Ich *liebe* Dich.

Katherine Mansfield an Garnet Trowell, 13. Oktober 1908

Ich nenne Dich mit allen Namen

II.

Was soll ich dir für Namen geben?
Mein trautes Herz! mein einz'ges Leben!
Mein Sonnenblick! mein Seelenstrahl!
Mein Hoffen, Sehnen und Verlangen!
Mein Wünschen, Glauben, Zweifeln, Bangen!
O meine süße Liebesqual!

Ich nenne dich mit allen Namen,
Die je von Liebeslippen kamen,
Ich grüße dich mit jedem Laut,
Den du mir je geküßt vom Munde,
Ich nenne dich im Herzensgrunde,
Lieb, ewig teuer, Schwester, Braut!

Friedrich Rückert

Alle Namen möchte ich Dir beilegen, und doch weiß ich kein schöneres Wort als das kleine deutsche »lieb« – aber mit besonderem Ton will das gesprochen sein. Also, liebes Mädchen – ich habe geweint vor Glück, daß ich Dich habe, und frage mich oft, ob ich Deiner würdig bin.

Robert Schumann an Clara Wieck, seine spätere Frau, 2. Januar 1838

Meine, meine – ich habe Mühe ein Wort zu finden. Sie sind alle so schal, weil sie der Stumpfsinn und die Schwachherzigkeit so abgebraucht haben! Du weißt, mein einziges Gut, was es ist, wenn ich Dir sage »meine Liebe Liebste! Meine Alma!«

Gustav Mahler an Alma Schindler, seine spätere Frau, 17. Dezember 1901

wie ich dich nenne
wenn ich an dich denke
und du nicht da bist:

meine Walderdbeere
meine Zuckerechse
meine Trosttüte
mein Seidenspinner
mein Sorgenschreck
meine Aurelia
meine Schotterblume
mein Schlummerkind
meine Morgenhand
mein Vielvergesser
mein Fensterkreuz
mein Mondverstecker
mein Silberstab
mein Abendschein
mein Sonnenfaden

mein Rüsselhase
mein Hirschenkopf
meine Hasenpfote
mein Treppenfrosch
mein Lichterkranz
mein Frühlingsdieb
mein Zittergaul
meine Silberschnecke
mein Tintenfasz
mein Besenfuchs
mein Bäumefäller
mein Sturmausreiszer
mein Bärenheger
mein Zähnezeiger
mein Pferdeohr
mein Praterbaum
mein Ringelhorn
meine Affentasche
meine Winterwende
meine Artischocke
meine Mitternacht
mein Rückwärtszähler

(da capo!)
Friederike Mayröcker

Meine kleine Lerche, meine gute Mandel, mein Dorogoj, maja Krassiwa Galotschka, danke für Deine Briefe. Alles, was Du da sagst, denke ich ebenfalls, morgens, wenn ich aufwache, abends, wenn ich einschlafe, und Minute für Minute klingt in mir Dein Name: Gala – was so viel heißt wie: ich liebe Gala.

Paul Eluard an seine frühere Frau Gala, 6. März 1933

AN ANNA BLUME

Oh Du, Geliebte meiner 27 Sinne, ich liebe Dir!
Du, Deiner, Dich Dir, ich Dir, Du mir, - - - - wir?
Das gehört beiläufig nicht hierher!

Wer bist Du, ungezähltes Frauenzimmer, Du bist, bist Du?
Die Leute sagen, Du wärest.
Laß sie sagen, sie wissen nicht, wie der Kirchturm steht.

Du trägst den Hut auf Deinen Füßen und wanderst auf die Hände,
Auf den Händen wanderst Du.

Halloh, Deine roten Kleider, in weiße Falten zersägt,
Rot liebe ich Anna Blume, rot liebe ich Dir.
Du, Deiner, Dich Dir, ich Dir, Du mir, - - - - - wir?
Das gehört beiläufig in die kalte Glut!
Anna Blume, rote Anna Blume, wie sagen die Leute?

Preisfrage:

1.) Anna Blume hat ein Vogel,
2.) Anna Blume ist rot.
3.) Welche Farbe hat der Vogel.

Blau ist die Farbe Deines gelben Haares,
Rot ist die Farbe Deines grünen Vogels.
Du schlichtes Mädchen im Alltagskleid,
Du liebes grünes Tier, ich liebe Dir!
Du Deiner Dich Dir, ich Dir, Du mir, - - - - wir!
Das gehört beiläufig in die - - - Glutenkiste.

Anna Blume, Anna, A - - - - N - - - - N - - - - A!
Ich träufle Deinen Namen.
Dein Name tropft wie weiches Rindertalg.
Weißt Du es Anna, weißt Du es schon,
Man kann Dich auch von hinten lesen.
Und Du, Du Herrlichste von allen,
Du bist von hinten, wie von vorne:
A - - - - - - N - - - - - - N - - - - - - A.
Rindertalg träufelt STREICHELN über meinen Rücken.
Anna Blume,
Du tropfes Tier,
Ich - - - - - - - liebe - - - - - - - Dir!

Kurt Schwitters

Siehe, ich grüße Dich, Du Futter meiner Bandwurmsätze, Du Sphinx meines Mondscheinnachtskahnfahrtentraumwahnsinns, Du funkelnder Hohlspiegel des Nirwana, stolze, kluge Perlenfischerin im Meer dieses Unsinns, schmücke Dich mit den Perlen, kleine Ingeborg Brennessel!

Bertolt Brecht an Paula Banholzer, August 1917

Abendwolf, Abgottsschlange, Alligator, Alpenrabe, Ameisenbär, Armpolyp, Atzel, Auerochs – Bachstelze, Bär, Bartgeier, Basiliske, Bienenfresser, Bombardierkäfer, Brieftaube, Brillenschlange, Bruchschlange, Brummfliege, Butzkopf – Centconblatolli, Chamäleon, Curaçaospinne – Distelfink, Dohle, Dompfaff, Dromedar, Drossel, Dudu – Eisbär, Elster, Ente (gemeine), Ente (türkische), Esel, Essigälchen – Faultier, Feuersalamander, Fischadler, Flußnymphe – Gänsefuß, Galgenvogel, Gans, Geier, Gimpel, Goldpuppe, Gottesanbeterin, Gutfisch – Habicht, Hammel, Hexe, Höllenfurie, Hofdame – Ibis, Jupujapa – Kakadu, Knurrhahn, Königsschlange, Krähe, Kräuterdieb – Lämmergeier – Mandelkrähe, Medusenstern, Meerengel, Meerschlange, Menschenfresser, Müllerchen – Nachtigall, Natter (ägyptische), Natter (gehörnte), Natter (gemeine) – Otter, Otternköpfchen – Paradiesvogel, Pfefferfresser, Pfingstvogel, Prachtkäfer, Purpurschnecke, Quappe – Rhinozeros, Ringelnatter, Rohrdommel – Sardelle, Schakal, Schauerschlange, Schoßschlange, Siebenschläfer, Singdrossel, Sonnengeier,

Spottdrossel – Tapezierbiene, Taubengeier, Teufelchen (formosanisches), Teufelskind, Trampeltier, Trotzkopf – Uhu – Vampir, Verkehrtschnabel, Vielfraß – Wasserskorpion, Würger (grauer), Würger (rotköpfiger), Würger (tyrannischer) – Zaunkönig, Zeisig, Zibetkatze, Zuckertierchen – Schurke, Schuft, Schlingel, Spitzbub, Dieb, Mordbrenner, Fränzin Moor … Ah, jetzt ist mir die Brust ganz leicht!

Ludwig Börne an Jeanette Wohl, 11. Januar 1822

Sonnenkatze, Nachtmatz, Morgenkopfkissen, Oppaoppa-Uhr, Liebeswindmühle und Himmelslaus.

Kurt Tucholsky an Mary Gerold, seine spätere Frau, 30. Juni 1924

MEIN IMMERGRÜN

mein Immergrün
mein Rittersporn
mein Himmelschlüssel
mein Tausendschön
mein Immerneu
mein Immermehr
mein Immergleich
mein Dichallein
mein Dirallein

mein Allestrost
mein Insherzhinein
mein Tausendmal
mein Herzensherz
mein erster Tag
mein Engelsmoos
mein Engelsfarn
mein Mondaufgang bei Tag und Nacht
mein Tausendgut
mein Tausendbös
mein Komm-ach-komm-Jerusalem
mein Tausendmal-bitte-verzeih

Julian Schutting

Einziggeliebte: Einmal muß ich dieses Wort wieder niederschreiben dürfen! – Und Deinen süßen Namen, Du meine Hanna! In dessen fünf Buchstaben alle Zärtlichkeit und Trauer dieser fünf Jahre vereinigt scheinen – – vereinigt, wie in den fünf Buchstaben dieser traurig-zarten *Liebe* und dessen, der sie ewig in seinem Herzen trägt: *Alban*

Alban Berg an Hanna Fuchs, Mai 1930

Caitlin. Dein Name, einfach so hingeschrieben. Caitlin. Ich muß nicht Meine Liebste, Mein Schatz, mein Liebling schreiben, obwohl ich diese Worte Tag und Nacht vor mir hersage. Caitlin. Und alle Worte der Welt sind in jenem einen Wort. Caitlin, Caitlin, und ich kann Deine blauen Augen und Dein goldenes Haar und Dein Lächeln und Deine ferne Stimme sehen und hören (...), Deine Stimme, die meinen Namen ruft, und unsere Liebe über den Geräuschen des nächtlichen Verkehrs, über den Neonblitzen, tief in meiner Einsamkeit, meine Geliebte.

Dylan Thomas an seine Frau Caitlin, 7. April 1950

Wärest Du doch jetzt bei mir in meinem Zimmer. Es sieht ja nicht ordentlich darin aus. Aber ich weiß, Du würdest diese Unordnung lieben, wie ich sie liebe. Und blicke ich um mich, auf alles im Zimmer habe ich in Gedanken schon Deinen lieben Namen geschrieben, auf die Blumen in den Tapeten, auf die Arabesken im Teppich, auf die Bilder, die an den Wänden hängen. Nicht nur Deinen Namen, alles, was Du mir gesagt, geschrieben hast, kann ich da lesen. So finde ich Dich überall in meinem Zimmer. Du bist dort wie die Luft, die ich atme.

Charles de Coster an Eliza van Spruyt, 1851

INSCHRIFT

Sag
in was
schneide ich
deinen Namen?

In den Himmel?
Der ist zu hoch
In die Wolken?
Die sind zu flüchtig

In den Baum
der gefällt und verbrannt wird?
Ins Wasser
das alles fortschwemmt?

In die Erde
die man zertritt
und in der nur
die Toten liegen?

Sag
in was
schneide ich
deinen Namen?

In mich
und in mich
und immer tiefer
in mich
Erich Fried

Ich sehe
Dich an,
und mein
Herz ist
bezaubert

III.

BETRACHTUNG

Wenn du da so schläfst,
die Augen geschlossen,
die Hände am Leib
wie Babyflossen.

Dein Honighaar,
wie's zur Seite fällt.
Dann denk ich: Du bist
die Schönste der Welt.

Doch wenn du erwachst,
dich streckst und lachst
und mich damit
ganz fusselig machst,

dann seh ich's ein:
Mein Urteil war Mist.
Und merke, dass du
noch viel schöner bist.

Jan Kaiser

Die Fränze sagt, Du hast phantastisch schöne Beine. Ich höre es mit Freude und finde, daß sie einen erstklassigen Geschmack hat, nämlich meinen.

Heinrich Blücher an Hannah Arendt, seine spätere Frau, 9. September 1937

LIEBESLIED

Helle Länder sind deine Augen.
Vögelchen sind deine Blicke,
Zierliche Winke aus Tüchern beim Abschied.

In deinem Lächeln ruh' ich wie in spielenden Booten.
Deine kleinen Geschichten sind aus Seide.

Ich muß dich immer ansehen.

Alfred Lichtenstein

Ich mag deine Augen. Du hast Augen wie Honig. Ich wünschte, du würdest mich ansehen, wenn ich einschlafe.«
»Ich sehe dich jetzt an. Du bist schön.«
»Ich gefalle dir?«
»Du gefällst mir so sehr, daß ich dich überall sehe.«
»Gefallen dir auch meine Augen?«
»Ja.«

»Es macht dir nichts aus, daß sie verschiedene Farben haben?«
»Sie haben nicht verschiedene Farben, nur einen unterschiedlichen Farbton.«
»Und das macht dir nichts aus?«
»Es kommt doch nicht auf den Farbton an, es kommt darauf an, daß du mich ansiehst.«

Ivan Klíma, Liebesgespräche

Was mir an Dir gefällt? – – – Alles, alles von Deinem goldenen Scheitel bis zu den rosigen Fersen. – Allerdings: begonnen hat es bei den Augen – diese Augen, dieser Blick – – wer könnte Worte dafür finden: dieser Dichter ist noch nicht geboren – – Ja, können Töne dies ausdrücken?? – – Und dann gleich der Mund! (…) Und dann Dein Gang, in dem neben dem geruhigen Rhythmus des Schreitens ein zweiter, ein heimlicher mitschwingt – – – Und dann Dein – – – – – – – – – nein! nein! Das darf ich ja alles nicht schreiben – – –

Alban Berg an Hanna Fuchs, Juli 1925

Ich denke an Dich, ich vermisse Dich, ich liebe die unendliche Grazie Deines Geistes u. Deines Körpers. Ich umarme Dich zärtlich.

Gottfried Benn an Ursula Ziebarth, 13. September 1954

Lieber, lieber Junge, Du bist mir mehr, als irgend jemand sich vorstellen kann; Du bist die Atmosphäre der Schönheit, durch die ich das Leben sehe; Du bist die Inkarnation alles Schönen.

Oscar Wilde an Lord Alfred Douglas, August 1894

Du bist wie eine Blume,
So hold und schön und rein;
Ich schau dich an, und Wehmut
Schleicht mir ins Herz hinein.

Mir ist, als ob ich die Hände
Aufs Haupt dir legen sollt,
Betend, daß Gott dich erhalte
So rein und schön und hold.

Heinrich Heine

Anfangs habe ich mich in Dein schönes Gesicht verliebt; das werden auch schon andere getan haben, und das muß jedem so gehen, der für Linie und Farben Augen hat, aber nun geht meine Liebe auf Dein ganzes Wesen, von dem Deine Gesichtszüge nur das schöne Anzeichen sind, und diese Empfindung für Dich als Ganzes kann niemand so haben wie ich.

Otto Julius Bierbaum an »Gemma« Brunetti Lotti, 10. August 1901

Du klügster, mutigster, fröhlichster Mann von der Welt, Du Freudenspender!

Katharina II. an Fürst Grigori Potemkin, 1777

Du bist ein wunderbares Mädchen, Clara! Es ruhen eine Menge so gar schöner und verschiedener Eigenschaften in Deinem Wesen, wo ich gar nicht weiß, wo Du sie alle in Deinem kurzen Leben hergenommen hast.

Robert Schumann an Clara Wieck, seine spätere Frau, 3. Juni 1839

Ich bin so froh, wenn ich Dich mit anderen Frauen vergleiche, Du hast alle Frauen in Dir und bist die Königin aller jungen Mädchen.

Max Dauthendey an seine Frau Annie, 14. März 1898

Du mein liebes Leben, wenn ich so in großer Menschenmenge bin, still dasitze und in Gedanken alle anwesenden weiblichen Geschöpfe mit Dir vergleiche, wie unendlich lieber wirst Du mir da immer – wie sehr fühle ich, daß Du mich recht glücklich und froh machen kannst, daß nur Du alles in Dir vereinst, was ich wünsche.

Carl Maria von Weber an seine Frau Karoline, 5. August 1814

Du brauchst vor keiner Frau in der ganzen Welt Furcht zu haben; denn alle sind sie, Dich allein ausgenommen, für mich die reine Pestilenz. Ich kenne nur eine; welche kann meiner Emma gleichen?

Lord Nelson an Lady Hamilton, 31. Juli 1801

Ich liebe Dich, ich liebe Dich allein, Du Schönste, und in allen Frauen erblicke ich immer wieder nur Dich: die ganze Frau, meine ganze, so große, so einfache Liebe.

Paul Eluard an seine Frau Gala, April 1928

Abrokomas an Delphis

Aufmerksamen Auges mustere ich überall die Frauen (...). Und wahrlich, beim Eros, der mir zu meinem größten Glücke durch Dich meine Seele verwundet hat, Du übertriffst alle insgesamt an edlem Anstand, an Schönheit, an Reizen. Denn Deine Reize sind völlig unverfälscht und recht; eine natürliche Röte färbt Deine Wangen; eine schwarze Braue schmückt Deine weiße Stirn; Du hast es auch nicht nötig, Dir falsche Locken aufzusetzen, da Du genug eigenes Haar hast, und um wieviel die Rose herrlicher ist als alle anderen Blumen, sie mögen noch so schön sein, so weit überstrahlst Du auch andere berühmte Frauen an Schönheit.

Aristainetos, Liebesbriefe

Fatima an Usbek
Wenn es mir erlaubt wäre, (...) zu wählen unter allen Männern, die in dieser Hauptstadt der Völker leben – Usbek, ich schwöre Dir, ich würde nur Dich wählen. Es kann keinen anderen auf der Welt geben, der es verdient, geliebt zu werden.

Montesquieu, Persische Briefe

Du bist der Beste von allen, die da auf der Erde herumzigeunern.

Adele Sandrock an Arthur Schnitzler, 29. Dezember 1893

Dir die Wahrheit und etwas zu meinem Vorteil zu sagen – die Menschen, die Dich völlig verdienten, sind so dünne auf diese Erde gesäet, daß sich tausend gegen eins wetten ließe, daß Du keinen davon antreffen wirst, es ist ein unwahrscheinlicher Zufall, daß sich zwei Leute in einem Gedränge von einigen Millionen antreffen. Du mußt Dich also darauf einschränken, mit einem Manne zufrieden zu sein, der Deine Vorzüge zu schätzen weiß, und dieser Mann bin ich.

Johann Anton Leisewitz an Sophie Seyler, seine spätere Frau, 25. April 1780

Alles Tolle, was Du machst, liebe ich; wenn Du lügst, lügst Du wie nur ein Dichter, wie nur ich es kann; so liebe ich Dich, weil Dein Mund so schön ist und Deine kleinen Zähne so wunderweiß sind; wenn Du böse bist, so liebe ich Dich, weil Deine tiefen Augen Feuer speien.

August Strindberg an Frida Uhl, seine spätere Frau, März 1893

Amara, bittre, was du tust ist bitter,
Wie du die Füße rührst, die Arme lenkest,
Wie du die Augen hebst, wie du sie senkest,
Die Lippen auftust oder zu, ist's bitter.

Ein jeder Gruß ist, den du schenkest, bitter,
Bitter ein jeder Kuß, den du nicht schenkest,
Bitter ist, was du sprichst und was du denkest,
Und was du hast, und was du bist, ist bitter.

Voraus kommt eine Bitterkeit gegangen,
Zwo Bitterkeiten gehn dir zu den Seiten,
Und eine folgt den Spuren deiner Füße.

O du mit Bitterkeiten rings umfangen,
Wer dächte, daß mit all den Bitterkeiten
Du doch mir bist im innern Kern so süße.

Friedrich Rückert

Amara, du nix gut, du nix gut machen,
mit dein Fuß du nix gut gehn, Hände nix gut,
du mich anschauen nix gut, du wegschauen nix gut,
du mir was sagen nix gut, nix sagen nix gut,
Du ciao sagen, wenn kommen, nix gut,
ich nix Kuß kriegen, nix gut,
nix gut was du sagen, du nix gut denken,
du nix gut haben, du nix gut.
Wenn du kommen ich wissen, nix gut,
du da sein, links nix gut, rechts nix gut,
wenn du abhauen, ich nix gut.
Du vorn und hinten nix gut.
Ich nix wissen warum alles nix gut,
aber ich denken an nix wie Amara, Amara gut.

Andreas Thalmayr

Ich
liebe
Dich
mit allen
Deinen Fehlern

IV.

DEIN FEHLER

Dein Fehler, Liebste, ach ich liebe ihn,
weil du ihn hast,
und er ist eine deiner liebsten Gaben.
Seh' ich an andern ihn, so seh' ich fast
dich selbst und sehe nach dem Fehler hin,
und alle will ich lieben, die ihn haben!

Fehlst du mir einst und fehlt dein Fehler mir,
weil du dahin,
wie wollt' ich, Liebste, lieber dich ergänzen
als durch den Fehler? Ach ich liebe ihn,
und seh' ich ihn schon längst nicht mehr an dir,
die Häßlichste wird mir durch ihn erglänzen!

Doch träte selbst die Schönste vor mich hin,
und fehlerlos,
ich wäre meines Drangs zu dir kein Hehler.
Ihr, die so vieles hat, fehlt eines bloß
und alles drum – ach wie vermiss' ich ihn –
ihr fehlt doch, Liebste, was mir fehlt: dein Fehler!

Karl Kraus

Wie innig ich Dich liebe, sehe ich daraus, daß ich Dir selbst Deine Fehler nicht wegwünschte; alles in Dir trägt ein unverkennbares Gepräge von Wahrheit, Deine Aufwallungen, Deine Ungerechtigkeiten, alles lieb ich, obgleich es mich quält.

Louis Ferdinand Prinz von Preußen an Pauline Wiesel, 2. Oktober 1806

HONG-KONG

Ich erhielt heute deinen beleidigten Brief.
Deine Nachschnüffeleien kränken mich tief.
Und erstens ist Tay-Fi kein Frauenzimmer,
Dann zweitens treiben es andre viel schlimmer,
Und drittens hab' ich – parteilos betrachtet –
Zwar mit ihr in einem gemeinsamen Zimmer
Im Grand Hotel Descrétion übernachtet,
Doch war überhaupt nur dies Zimmer noch frei,
Und wie die Betten zunander standen
(Vergleiche die kleine Skizze anbei)
Ist gar kein Grund zu Verdächten vorhanden, –
Im übrigen weißt du: Ich liebe dich *sehr*.

So lange von dir getrennt zu sein,
Erträgt aber niemand. Ich bin doch kein Stein,
Und ich brauche – ganz schroff gesagt: mehr Verkehr.
Alle Männer, auch Frauen, ganz nebenher

Gesagt, alle Völker brauchen dasselbe!
Und diese blöde, luetische, gelbe
Chinesin kommt ernstlich doch nicht in Betracht.
Wir haben uns halt mal per Zufall gefunden
Und ein paar anregende Stunden verbracht.
Man kann doch nicht ewig die ausgeschwätzte
Gleiche Gesellschaft und Gegend erleben.

Wenn man alle Münchner nach Preußen versetzte
Und umgekehrt. Und auch andererseits,
Etwa die Fakire nach der Schweiz. –
Was würde das Perspektiven ergeben! –
Wollen doch nicht am Alltäglichen kleben.
Großzügig sein! Also zürne nicht mehr. –
Du weißt, welche Zeit dein Brief bis hierher
Bei dem miserablichten Dampferverkehr
Gebraucht, und wie lange es wiederum währt,
Bis du endlich meine Rückantwort liest.
Und dann – und ich habe das eben beniest –
Ist doch die ganze Affäre verjährt.

Joachim Ringelnatz

Den Tag meiner Ankunft in Wien kann ich mit Bestimmtheit noch nicht angeben. (...) Doch hoffe ich etwa bis Sonnabend oder Sonntag zurück zu sein und bis heut über acht Tage mich schon wenigstens achthundertmal mit Dir ge-

zankt zu haben. Oder nicht? bist Du nicht mehr zanksüchtig? nicht mehr zornig? nicht mehr**? nicht mehr***? nicht mehr****? Auf diese drei letzten Fragen werde ich mir mündlich die genaueste Antwort ausbitten.
Ich küsse Dich in Gedanken aufrichtig, in Wirklichkeit wär' es mir lieber! Ich bin rasend in Dich verliebt geworden. Ich habe in Jamnitz ganz vergessen, welch ein Ungeheuer Du bist.

Franz Grillparzer an Katharina Fröhlich, 14. Oktober 1823

Schreib dem Menschen öfter, der Dich ungeachtet Deiner Fehler liebt. Nein, nein, mein Herz, ich mache Spaß, Du hast überhaupt keine Fehler. Du bist für mich unübertrefflich.

Anton Tschechow an Olga Knipper, seine spätere Frau, 26. Januar 1901

Meine liebe liebe Johanna, muß ich Dir nochmals sagen, daß ich Dich *liebe* (...), daß ich Deinen Kummer, Deine Fehler, Deine Unarten, wenn Du welche hast, tragen muß und will und Dich liebe wie Du bist, nicht wie Du sein solltest oder könntest?

Otto von Bismarck an Johanna von Puttkamer, seine spätere Frau, 21. Februar 1847

ich nehm dich ungeschminkt & sags
dir ins gesicht ich lieb dich wie
du bist drum kleid ich dich in worte
ein & nehm sie dann zurück & rück
dir mit der wahrheit auf den leib
denn die ist nackt & doch geteilt
am schönsten

Albert Ostermaier

Jetzt, lieber Schatz, mache es, wie Du willst; ich nehme Dich ebenso gern mit, wenn Du gelbe Strümpfe, rote Schuhe, grünen Hut und karierte Jacke trägst. Jetzt habe ich Dir weiter nichts zu sagen, als daß ich Dich eckelig entbehre und verlangend bleibe Dein Alfred

Alfred Krupp an seine Frau Bertha, Sommer 1854

Du bist ein Nagel zu meinem Sarg und ich liebe Dich haarsträubend wahnsinnig.

Adele Sandrock an Arthur Schnitzler, 25. Januar 1894

Ich hoffe, Du hast Dein gutes Aussehen verloren; denn solange das besteht, kann jeder Dummkopf Dich anbeten, und die Anbetung von Dummköpfen bekommt der Seele schlecht. Nein; zeig mir einen ruinierten Teint und eine schlechte Figur und sechzehn Doppelkinne und einen Hühnerhof von Krähenfüßen und eine unverkennbare Perücke. Dann sollst Du mal sehen, welcher Treue ich fähig bin.

George Bernard Shaw an Stella Patrick Campbell, 23. Oktober 1912

Du findest mich schön; ich wollte schön sein, ich wollte schwarzes, gelocktes Haar haben, das auf elfenbeinweiße Schultern hinabfällt, wie den griechischen Jünglingen; ich wollte stark und rein sein, aber wenn ich mich im Spiegel betrachte und denke, daß Du mich liebst, dann finde ich mich mit einemmal von einer aufreizenden Gewöhnlichkeit.

Gustave Flaubert an Louise Colet, 12. August 1846

Du sagst, daß Du Dich im Spiegel sehr häßlich findest mit Deinem kurzen, dünnen Haar, aber das stimmt nicht; ich weiß, wie schön Du bist.

Frida Kahlo an ihren Mann Diego Rivera, 10. September 1932

Ihre grauen Haare gefallen mir sehr gut.«
»Danke, das ist lieb gesagt. Aber ich weiß, wie ich aussehe.«
»Ich glaube, Sie wissen es nicht. Nicht so gut wie ich.«
Erika Pluhar, Verzeihen Sie, ist das hier schon die Endstation?

GIBT ES EINE WEIBLICHE ÄSTHETIK

Ich sehe deine Augen
mit den hängenden
Lidern am Kinn
Fettfalten die Stirn
gefurcht deine
dünnen spitzen
Ohren überm fahlen
Haar die
kahle Stelle
am Hinterkopf ich
denke du bist
von allen Männern
der schönste.
Ulla Hahn

Ich fühle
mich
bei Dir
geborgen

V.

NÄHE DES GELIEBTEN

Ich denke dein, wenn mir der Sonne Schimmer
Vom Meere strahlt;
Ich denke dein, wenn sich des Mondes Flimmer
In Quellen malt.

Ich sehe dich, wenn auf dem fernen Wege
Der Staub sich hebt;
In tiefer Nacht, wenn auf dem schmalen Stege
Der Wandrer bebt.

Ich höre dich, wenn dort mit dumpfem Rauschen
Die Welle steigt.
Im stillen Haine geh' ich oft zu lauschen,
Wenn alles schweigt.

Ich bin bei dir, du seist auch noch so ferne,
Du bist mir nah!
Die Sonne sinkt, bald leuchten mir die Sterne.
O wärst du da!

Johann Wolfgang von Goethe

Nahe oder ferne, doch immer bei mir. Und so mit mir verwebt bist Du, daß nichts Dich von mir trennen kann.

Susette Gontard an Friedrich Hölderlin, 5. Februar 1800

Ich fühle mich Dir ganz nahe, und trotzdem fehlst Du mir an allen Ecken. Ich suche Dich jeden Tag und finde Dich nur in meinem Herzen, aber das ist wenigstens absolut sicher.

Heinrich Blücher an Hannah Arendt, seine spätere Frau, 6. November 1939

Meine Nähe zu Dir fühl ich immer, Deine Gegenwart verläßt mich nie.

Johann Wolfgang von Goethe an Charlotte von Stein, 17. Juni 1784

MANCHMAL

manchmal berührst du mich mit einem Wort,
als wäre es deine Hand,
manchmal mit einem Lachen,
als hätte soeben ein von dir erhörtes Wort
deine Seele umarmend
dies Lachen aufgerührt

und manchmal baut deine Hand mit einem Händedruck
eine von einem unbedachten Wort
in Schutt und Asche gelegte Stadt auf,
und manchmal rührt mich ein Blick an,
als hielte er bis zu einem Erwachen in Italien
meine Abschiedsangst an der Hand

und immer wieder ist die Berührung,
mit der mich ein Wort von dir oder dein Lachen berührt,
die innigste Namensgebung
der sanfteste Kugelblitz, den es gibt
die heftigste Welle, die über den See fährt
das heiterste Tiefseelachen der Welt

Julian Schutting

manchmal bei irgendwelchen zufälligen
Bewegungen
streift meine Hand deine Hand deinen Handrücken
oder mein Körper der in Kleidern steckt lehnt fast ohne
es zu wissen
einen Augenblick gegen deinen Körper in Kleidern
diese kleinsten beinahe pflanzlichen Bewegungen
dein abgewinkelter Blick und dein Auge absichtlich ins
Leere wandernd
deine im Ansatz noch unterbrochene Frage wohin
fährst du im Sommer

was liest du gerade
gehen mir mitten durchs Herz
und durch die Kehle hindurch wie ein süszes Messer
und ich trockne aus wie ein Brunnen in einem heiszen
Sommer

Friederike Mayröcker

Ich gehe an Deiner Seite und führe Dich an der Hand. Und unsere Hände kennen sich und lieben sich und ihnen ist wohl.

Paula Becker an Otto Modersohn, ihren späteren Mann, 26. Dezember 1900

Deine Hand ist in meiner, so lange Du sie dort läßt.

Franz Kafka an Milena Jesenská, undatiert

Gib mir Deine Hand. Du bist mein Alles. Ich will Dir dasselbe sein: Freund, Gefährte, Kamerad, Geliebter und Dein Mann.

Kurt Tucholsky an Mary Gerold, seine spätere Frau, 2. März 1923

Ich begleite Dich auf jedem Schritt Deines Weges, Deine Hand liegt in meiner, und Dein Herz ist in meinem, und Dein Schmerz ist mein Schmerz, und Deine Not ist meine Not.

Radclyffe Hall an Evguenia Souline, 27. Juli 1934

Ich liebe meine Kleine, aber mein Verstand kann mir nicht sagen, warum ich sie liebe. Und ich will es auch gar nicht verstandesmäßig wissen. Es genügt, daß ich sie liebe. Es genügt, daß ich sie mit meiner Seele und meinem Herzen liebe. Es genügt mir, daß ich meinen Kopf an ihre Schulter lehne, wenn ich traurig, einsam und fremd bin, oder wenn ich glücklich, erstaunt und entzückt bin; es genügt mir, daß wir Seite an Seite den Gipfel des Berges erklimmen und daß ich ihr von Zeit zu Zeit sage: »Du bist meine Begleiterin, Du bist meine Begleiterin!«

Khalil Gibran an May Ziadeh, 1./2. Dezember 1923

Ich denke sehr viel an Dich, und mit jedem Schritt, den ich den Gipfeln entgegenstieg, hatte ich das Empfinden, wieder Dir näherzukommen. Jede Blume, die ich pflückte, galt Dir, und jeder Stern, der mir schien, hatte das Leuchten Deiner liebenden Augen.

Iwan Goll an seine Frau Claire, 21. Juli 1934

FÜR EINEN

Die Andern sind das weite Meer.
Du aber bist der Hafen.
So glaube mir: kannst ruhig schlafen,
Ich steure immer wieder her.

Denn all die Stürme, die mich trafen,
Sie ließen meine Segel leer.
Die Andern sind das bunte Meer,
Du aber bist der Hafen.

Du bist der Leuchtturm. Letztes Ziel.
Kannst, Liebster, ruhig schlafen.
Die Andern … das ist Wellen-Spiel,

Du aber bist der Hafen.

Mascha Kaléko

Ich kann den Augenblick nicht erwarten, wo ich an Deinem Munde und aus Deinem Lebensatem die Sicherheit und die tiefste Bewußtheit saugen werde, daß mein Lebensschiff aus den Stürmen des Meeres sich in den Heimathafen gerettet hat.

Gustav Mahler an Alma Schindler, seine spätere Frau, 15. Dezember 1901

Ich liebe Sie, ich werde Sie mein Leben lang lieben. Sie sind der Hafen meiner von Stürmen heimgesuchten Seele. Nur bei Ihnen habe ich Ruhe gefunden, Sie sind mein einziges Glück.

Voltaire an Marie Louise Denis, September 1748

Du, Hannah, sehnst Du Dich auch nach mir, wie ich mich sehne nach meinem Meer, nach meinem Hafen, nach meinen Quellen, nach meiner eigenen Erde?

Heinrich Blücher an Hannah Arendt, seine spätere Frau, 21. Februar 1937

Wenn Du nicht auf der Welt wärest, würde ich sicher der haltlose Wanderer sein, der längst in mir lauert. Du bist meine bouée und Du darfst das nie vergessen. Darum brauchst Du auch nie an unserer Liebe zu zweifeln, die so bewegt, aber so stetig ist wie das Meer.

Iwan Goll an seine Frau Claire, 6. August 1936

Bleibe mir, liebe Lotte, Du bist mein Anker zwischen diesen Klippen. (...) Du einzige unaussprechlich Geliebte.

Johann Wolfgang von Goethe an Charlotte von Stein, 17. November 1782

Es ist so lange her, daß wir uns gesehen haben, und ich habe Dir eine Unmenge zu sagen. Zum Beispiel, daß Du mir Ruhe gibst wie sonst niemand, meine Freundin und die Liebste meines Herzens bist, die mich anregt wie keine, und daß Du, ob Du freundlich bist oder unfreundlich, mein Entzücken bist und noch sein wirst, wenn alle Meere ausgetrocknet sein werden, meine Liebe.

George Bernard Shaw an Stella Patrick Campbell, 4. Januar 1913

Komm daher, mein Geliebter, mein einziger Schatz, meine allersüßeste Hoffnung, mein wonniges Paradies, damit ich, erfreut und aufgerichtet durch Eure sehnlichst herbeigewünschte Gegenwart, wieder in Ruhe leben kann; denn ich finde Beruhigung nur in Euch (...). Gehab Dich wohl, vita mea! Morgen erwarte ich Dich in aller Frühe.

Camilla da Pisa an Filippo Strozzi, um 1515/1516

Sei mir gesegnet, holde Beglückerin meiner Tage, in deren Armen endlich der unstete herumschweifende Flüchtling Ruhe und Glückseligkeit und völlige Befriedigung seines weiten, viel fordernden Herzens finden wird.

Johann Gottlieb Fichte an Johanna Rahn, seine spätere Frau, 5. März 1793

Du bist die Ruh, du bist der Frieden,
Du bist der Himmel mir beschieden.
Daß du mich liebst, macht mich mir wert,
Dein Blick hat mich vor mir verklärt,
Du hebst mich liebend über mich,
Mein guter Geist, mein beßres Ich!

Friedrich Rückert, Du meine Seele, du mein Herz

Ich weiß – nein, ich überschätze niemanden – ich weiß sehr wohl, daß es klügere Frauen gibt und schönere und dikkkkkere (das vor allen Dingen!) – Aber ich weiß auch, daß ich mich bei keiner so aufgehoben fühle, so – ich weiß nicht, wie ich das sagen soll – zu Hause.

Kurt Tucholsky an Mary Gerold, seine spätere Frau, 19. Dezember 1918

Ich brauch Dich wie die Luft zum Atmen

VI.

MASS DER LIEBE

Wie Du mir nötig bist? Wie Trank und Speise
Dem Hungernden, dem Frierenden das Kleid,
Wie Schlaf dem Müden, Glanz der Meeresreise
Dem Eingeschloßnen, der nach Freiheit schreit.

So lieb ich Dich. Wie dieser Erde Gaben
Salz, Brot und Wein und Licht und Windeswehen,
Die, ob wir sie auch bitter nötig haben,
Sich doch nicht allezeit von selbst verstehen.

Und tiefer noch. Denn auch die ungewissen
Und fernen Mächte, die man Gott genannt,
Sie drangen mir zu Herzen mit den Küssen,

Den Worten Deines Mundes und die Blüte
Irdischer Liebe nahm ich mir zum Pfand
Für eine Welt des Geistes und der Güte.

Marie Luise Kaschnitz

Einmal in vielen Jahren wirst du ganz verstehen, was Du mir bist. Was der Bergquell dem Verdurstenden ist. (...)
Mein klarer Quell! Durch Dich will ich die Welt sehen; denn dann seh ich nicht die Welt, sondern immer nur Dich, Dich, Dich!

Rainer Maria Rilke an Lou Andreas-Salomé, 8. Juni 1897

Ich habe Hunger, Meli, ich habe Hunger. Nach Ihm und nur nach Ihm.

Kurt Tucholsky an Mary Gerold, seine spätere Frau, 30. Juli 1919

Du bist für mich die Luft zum Atmen, ein blühender Kirschzweig. Ich liebe Dich. Deine Gegenwart ist wohltuender für mich als alles andere auf der Welt.

Paul Éluard an seine frühere Frau Gala, um den 10. April 1933

ALLEGORISCH SONNET

Amanda liebstes kind / du brustlatz kalter hertzen /
Der liebe feuerzeug / goldschachtel edler zier /
Der seuffzer blasebalg / des traurens lösch-papier /
Sandbüchse meiner pein / und baum-öhl meiner schmertzen /

Du speise meiner lust / du flamme meiner kertzen /
Nachtstülchen meiner ruh / der Poesie clystier /
Des mundes alecant / der augen lust-revier /
Der complimenten sitz / du meisterin zu schertzen /
Der tugend quodlibet / calender meiner zeit /
Du andachts-fackelchen / du quell der fröligkeit /
Du tieffer abgrund du voll tausend guter morgen /
Der zungen honigseim / des hertzens marcipan /
Und wie man sonsten dich mein kind beschreiben kan.
Lichtputze meiner noth / und flederwisch der sorgen.

Anonym

Wie hab ich nur früher allein leben können, Du mein kleines Alles. Ohne Dich fehlt mirs an Selbstgefühl, Arbeitslust, Lebensfreude – kurz ohne Dich ist mein Leben kein Leben. (...) Wenn ich Dich nicht habe, so ist mir gerade zu Mute, wie wenn ich selbst nicht ganz wäre. Wenn ich sitze, so möchte ich gehen; wenn ich gehe, freue ich mich heim, wenn ich mich unterhalte, möchte ich studieren, wenn ich studiere, fehlt es mir an Beschaulichkeit und Ruhe, & wenn ich schlafen gehe, bin ich nicht befriedigt über den verlebten Tag.

Albert Einstein an Mileva Marić, seine spätere Frau, August 1900

Ich kann und kann nicht ohne Dich sein! … Mein ganzes Leben erstarrt ohne Dich – ich bin mir selbst fremd und nutzlos.

Ossip Mandelstam an seine Frau Nadeshda, Februar 1926

Ich brauche Dich. Aber wenn Du mich nicht mehr brauchst, so will ich darüber nachdenken, ob ich mich noch brauchen kann.

Karl Kraus an Sidonie Nádherný von Borutin, 16. November 1914

Du weißt es: wer gebraucht wird, ist nicht frei.
Ich aber brauche dich, wie's immer sei
Ich sage ich und könnt auch sagen wir.

Bertolt Brecht, Nur eines möcht ich nicht

Laß mich an Deiner Seite bleiben. Dort ist meine höchste Freiheit, glaube es mir.

Franz Liszt an Carolyne von Sayn-Wittgenstein, 11. März 1854

Als kaum es deinen Duft gespürt, der mit dem Ostwind hergeflogen,
Hat sich mein Herz von mir getrennt, ist, dich zu suchen, ausgezogen.
Vergessen hat es längst nun schon den Leib, der einst ihm Heimat war,
Und hat zugleich mit deinem Duft dein ganzes Wesen eingesogen.

Abu Sa'id ibn Abi'l-Chair

Es ist Nacht,
und mein Herz kommt zu dir,
hält's nicht aus,
hält's nicht aus mehr bei mir.

Legt sich dir auf die Brust,
wie ein Stein,
sinkt hinein,
zu dem deinen hinein.

Dort erst,
dort erst kommt es zur Ruh,
liegt am Grund
seines ewigen Du.

Christian Morgenstern

Nun sinds schon 8 Tage, daß Dich mein Aug nicht sieht und mein Ohr nicht hört, aber das innere Auge sieht Dich, und mein Herz spricht in der Nacht zu Dir.

Bettine von Arnim an ihren Mann Achim von Arnim, 26. und 27. Juni 1817

Vergiss nicht, wie sehr Du mir ans Herz gewachsen bist, ins Herz, um das ganze Herz herum, es schlägt in Dir, in Deinem zarten süssen Leben.

Gottfried Benn an Ursula Ziebarth, 10. November 1954

Jeder von uns ist erst vollständig durch den andern. Ohne Dich bin ich nichts. Hätte ich Dich nicht, ich könnte wirklich nicht leben. Nun habe ich zwei Herzen in mir – Deins und meins.

Charles de Coster an Eliza van Spruyt, 1851

Mein Leben war, bevor ich Dein Herz in meinem schlagen fühlte, ein endloses Warten.

Franz Liszt an Carolyne von Sayn-Wittgenstein, 13. April 1851

MEIN HERZ

Ich weiß nicht, was ich habe,
mir ist ums Herz so schwer ...
Ums Herze? Ach was sag ich –
ich hab doch keines mehr.
Seit ich, mein Glück, dich kenne,
du süßes Liebchen mein,
vom ersten Augenblicke
an wars ja doch schon dein.
O mögst du es behalten,
damit es stets so blieb –
es soll ja dir gehören,
nur dir, mein süßes Lieb!
Giebs nie mehr mir zurücke –
es schlägt dir ja in Treu –
und willst du's nicht mehr haben –
mein Schatz, dann brichs entzwei.

Rainer Maria Rilke

Ich kenne nur Dich und will nur Dich; Deine Liebe und mein Leben und Schicksal sind ein und dasselbe. Aber ich weiß ja, daß Du mich ebenso in Deinem zärtlichen Herzen trägst als ich Dich: ich kenne keinen andren Gedanken als nur Dich. (...) Ja, Du bist meine Seele.

Ludwig Tieck an Henriette von Finckenstein, 6. November 1806

Mit deiner Seele hat sich meine
Gemischt, wie Wasser mit dem Weine.
Wer kann den Wein vom Wasser trennen,
Wer dich und mich aus dem Vereine?
Du bist mein großes Ich geworden,
Und nie mehr will ich sein dies kleine.
Du hast mein Wesen angenommen,
Sollt ich nicht nehmen an das deine?

Rumi

Wie könnte ich auch ein Leben ohne Dich denken! Du bist ein Teil von mir selbst, der edlere, der bessere! in Dir und mit Dir lebe ich nur!

Heinrich Christian Boie an Luise Mejer, seine spätere Frau, 1. Juni 1779

Ach Mulde! Ach! Wennste nur wüßtest, wie still leidend ich den ganzen Tag alle Monate nur mit einer Hälfte um die Erde ziehe, und wie schwer es ist, sechs Monate lang auf einem Bein zu stehen, mit einem Ohr nur zu hören, mit einem Aug nur zu sehen und mit einem Arm zu leben. Es ist zu schlimm, diese Halbierung, und Trost ist nur, daß es allen verliebten Menschen ebenso geht, wenn sie von ihrem Herzen getrennt leben müssen.

Max Dauthendey an seine Frau Annie, 5. Juni 1906

Ich vermisse Dich unendlich mehr, als wenn meine Arme, meine Beine, mein Kopf & Leib abgeschnitten wären. Du *bist* mein Körper und ich bin Deiner.

Dylan Thomas an seine Frau Caitlin, 11. März 1950

IRGENDWER

Einer ist da, der mich denkt.
Der mich atmet. Der mich lenkt.
Der mich schafft und meine Welt.
Der mich trägt und der mich hält.
Wer ist dieser Irgendwer?
Ist er ich? Und bin ich Er?

Mascha Kaléko

Ich bin (…) außerstande zu empfinden, wo Du anfängst und ich aufhöre.

George Bernard Shaw an Stella Patrick Campbell, 3. April 1913

Gibt es noch zwei: Meli und Nungo? Es gibt wohl nur noch *ein* Ding: *Uns.*

Kurt Tucholsky an Mary Gerold, seine spätere Frau, 28. Februar 1923

Ich sehne

mich

so sehr

nach Dir

VII.

HARLEKINS STÄNDCHEN

Lisette, liebster Rosenstock,
Meins Herzens Zuckerstengel,
Du meines Leibes Unterrock,
Mein Schatz und tausend Engel,
Vernimm den Klang
Und schönen Gsang,
Die saubern Ritornellen
Sie klingen wie Kuhschellen.

Und dies geschieht zu Ehren dir,
Weil ich dich herzlich liebe,
Das Herz in Hosen zittert mir
Aus lauterm Liebestriebe,
Du wirst ja auch,
Nach Handwerksbrauch,
Mich recht von Herzen meinen,
Sonst müßt ich tot mich greinen.

Ich tät dirs gerne siebenmal
Mit Geigen musizieren,
Damit ich nicht bestehe kahl,
Will ich die Stimme zieren

Mit re, mi, fa,
Fa, mi, sol, la,
Und schönen Tremulanten,
Trotz allen Musikanten.

Ach! mache mir doch auf geschwind,
Du werteste Lisette,
Ach, lasse mich doch ein, mein Kind,
Mein Schatz, zu dir ins Bette,
Denn Harlekin,
Dein Herz und Sinn,
Erwartet dich mit Schmerzen –
Tu auf und laß dich herzen!

Christian Reuter

Ich kann Dir nun nichts mehr schreiben, als was ich gleich oben Dir schreiben wollte, daß mich die Sehnsucht nach Dir foltert; (...) wenn ich so in mir denke, was es ist, das mich quält, und was mir mangelt, so ist es, daß ich gern meinen Arm um Deinen Hals schlingen und mich auf Deinen Schoß setzen möchte.

Bettine von Arnim an ihren Mann Achim von Arnim, Juli 1816

Hexchen! Ich kanns gar nicht erwarten, bis ich Dich wieder herzen und drücken und mit Dir leben kann. Und lustig werden wir drauf los arbeiten und Geld haben wie Mist. Und wenns nächstes Frühjahr schön ist, dann holen wir Blumen im Melchthal.

Albert Einstein an Mileva Marić, seine spätere Frau, 9. August 1900

Ich liebe Dich und streichle Dich in Gedanken, und mein Herz springt vor Freude, wenn ich an den Augenblick denke, wo wir zusammensein werden, wo ich Dich lange an mein Herz drücken werde und in Deine lieben, strahlenden Augen schauen und Dein sanftes Lächeln sehen werde, das eine so gute, beruhigende Wirkung auf mich hat, ich werde Deine weichen Haare streicheln und Deinen Nacken küssen.

Olga Knipper an ihren Mann Anton Tschechow, 28. Januar 1902

Kaum fängt der Tag an in Bewegung zu gehn, so verlangt meine Seele schon wieder zu Dir.

Johann Wolfgang von Goethe an Charlotte von Stein, 30. Dezember 1781

Liebste, diesmal habe ich, kaum war der Zug aus der Halle hinaus, sofort mit dem Warten auf Dich angefangen.

Heinrich Blücher an seine Frau Hannah Arendt, 5. Februar 1955

Denn das ist das Große an der Sehnsucht, sie geht viele Wege zugleich auf *ein* Ziel zu. Sie ist das Weltall, dessen Mittelpunkt Du für mich bist.

Max Dauthendey an seine Frau Annie, 19. Februar 1915

Verzeih, ich kann nichts dafür und nichts dagegen, will auch nichts dagegen können. Es ist so schwer Dich zu entbehren und so leicht, Dich immer zu lieben.

Karl Kraus an Sidonie Nádherný von Borutin, 4. Dezember 1915

Ich will meine Tage damit verbringen, Dir zu schreiben, meine Nächte, an Dich zu denken.

Louise d'Epinay an ihren Mann Denis-Joseph Lalive d'Epinay, März 1746

Ich werde jetzt zu Bett gehen und hoffe, daß meine Träume Sie mir ebenso reizend darstellen, wie Sie sind. Wenn ich Sie nicht im Schlafe zu sehen glaubte, möchte ich überhaupt nicht schlafen, denn sobald ich wach bin, nehmen Sie mich ganz in Anspruch, und ich habe nichts Angenehmes im Leben als die Zeit, die ich damit verbringe, an Sie zu denken. Gute Nacht, geliebtester von allen Menschen! Ich bete Sie an und werde es mein Leben lang tun. Adieu noch einmal! Warum liege ich nicht in Ihren Armen!

Sophie Dorothea von Hannover an Philipp Christoph von Königsmarck, 1694

Ich werde von namenloser Sehnsucht nach Dir verzehrt. Der Grund davon liegt vor allem in meiner Liebe zu Dir, sodann darin, daß wir nicht gewohnt sind, getrennt voneinander zu leben. Daher kommt es, daß ich einen großen Teil der Nacht schlaflos daliege und mir Dein Bild vor die Seele zaubere, daß tagsüber in den Stunden, in denen ich Dich zu besuchen pflegte, meine Füße mich unwillkürlich nach Deinem Zimmer tragen.

Plinius d.J. an seine Frau Calpurnia, undatiert

Liebling, Süßes, Affe, Brot der Seele und Traum – ich hasse diese Bude hier, ich hasse die Leute und überhaupt alles – es ist kein richtiges Leben ohne dich! Es ist ein Schattendasein,

ein verdammtes Gezumpel, ein Sehen und Vergessen, ein Hindurchgehen und Nichtwissen, ein unscharf eingestellter Film, zugeschlossene Augen, zugeschlossenes Gehirn und zugeschlossene Phantasie.

Erich Maria Remarque an Marlene Dietrich, nach dem 9. Januar 1938

Ohne Dich ist das Haus leer. Alles ist schrecklich für mich ohne Dich. Ich liebe Dich mehr als je zuvor, und jeden Tag noch ein bißchen mehr.

Frida Kahlo an ihren Mann Diego Rivera, 10. September 1932

Könnte ich Dich nur eine Stunde zu mir zaubern, was gäbe ich darum!

Carl Maria von Weber an seine Frau Karoline, 5. August 1814

Könnte ich Dich alle Tage nur zwei Minuten sehn – o Gott, nur einen Augenblick! – dann würde ich jetzt singen, daß die Lachse aus dem Bodensee sprängen und die Möwen sich mir auf die Schulter setzten!

Annette von Droste-Hülshoff an Levin Schücking, 5. Mai 1842

Ich beteuere feierlich: Wenn ich Euch nicht bald sehe, werden mich Verdruß und Liebe in einer Weise aufzehren, daß den Würmern im Grabe nur die Hoffnung auf ein karges Mahl bleibt.

Cyrano de Bergerac, Herzstiche

Das Bett, sagst Du, ist so herrlich und weich? Ganz dasselbe sagte das Bett, als Du ankamst. Ich beneide das Bett um Dich!

Karl Kraus an Sidonie Nádherný von Borutin, 7./8. April 1922

Dieser Brief wird glücklicher sein als ich, denn er wird bei Ihnen schlafen.

Heinrich IV. von Frankreich an die Marquise de Verneuil, undatiert

Leben Sie wohl; ich kann mich von diesem Blatte nicht trennen; es wird in Ihre Hände gelangen, und ich wünschte wohl, dasselbe Glück genießen zu können.

Marianna Alcoforado an Noël Bouton de Chamilly, 1667

Du, ja Du, mein ewig junges Mädchen, Du hast mich neu geboren! Wenn Du nicht da bist, so ist alles rund um mich her kalt und interessenlos; nur Du gibst allem Ton und Farbe.

Friedrich Perthes an Caroline Claudius, seine spätere Frau, 29. Juli 1799

Ich habe Freude an den Myriaden von Schönheiten und Lieblichkeiten, die sich mir wie in einem wahnsinnig gewordenen Kaleidoskop offenbarten, Freude ebenso an einzelnen Kleinigkeiten Deines angebeteten Wesens. Zum Beispiel an Deinem, bei größter Fröhlichkeit, plötzlich wie eine kleine Welle aufspritzenden Lachen (in ganz kurzen Tönen eines aufsteigenden Vierklangs).

Alban Berg an Hanna Fuchs, 16. November 1926

Ich denke immer an Dich, träume immer von Deinem Gesicht, Deinen Schultern, Deinem weißen Hals, Deinem Lächeln, Deiner Stimme, die leidenschaftlich, heftig und süß zugleich wie ein Schrei der Liebe ist. – Ich glaube, daß ich es Dir schon gesagt habe, wie es vor allem Deine Stimme ist, die ich liebe.

Gustave Flaubert an Louise Colet, 9. August 1846

Ich sehne mich nach Dir. Das ist so eine Untertreibung. Ich will Dich. Du bist mein ganzes Leben. Der Rest ist nichts. Glaub mir, Cat, für immer, und schreib mir oder ruf mich an & laß mich Deine Stimme hören, denn ich liebe Dich. Ich will in Deinen Armen liegen.
Für immer & immer und für immer & immer.

Dylan Thomas an seine Frau Caitlin, 25. Juni 1945

TELEPHONISCHER FERNGRUSS

Ich grüße dich durchs Telephon,
Guten Morgen, du Gutes!
Ich sauge deiner Stimme Ton
In die Wurzeln meines Mutes.

Ich küsse dich durch den langen Draht.
Du Meinziges, du Liebes!
Was ich dir – nahe – je Böses tat,
Aus der Ferne bitt ich: Vergib es!

Bist du gesund? – Gut! – Was? – Wieviel? –
Nimm's leicht! – Vertraue! – Und bleibe
Mir mein. – – Wir müssen dies Wellenspiel
Abbrechen – – Nein »dir« Dank! – – Ich schreibe! – –

Joachim Ringelnatz

So ein kurzes Gespräch am Sonntag gibt einem doch eine herrliche Nähe zu Dir. Es geht nichts über die Stimme als Vereinigungsmittel.

Heinrich Blücher an seine Frau Hannah Arendt, 6. März 1955

Telefonieren ist so kalt und unbefriedigend – in unserer Situation kann man nur von allgemeinen und banalen Dingen sprechen. Aber Deine liebe Stimme war da, und ich war so unendlich froh, sie zu hören – oh, so unendlich froh. Ich liebe Deine Stimme.

Radclyffe Hall an Evguenia Souline, 22. September 1934

NIE MEHR

Das hab ich nie mehr gewollt
um das Telefon streichen am Fenster stehn
keinen Schritt aus dem Haus gehn Gespenster sehn
Das hab ich nie mehr gewollt

Das hab ich nie mehr gewollt
Briefe die triefen schreiben zerreißen
mich linksseitig quälen bis zu den Nägeln
Das hab ich nie mehr gewollt

Das hab ich nie mehr gewollt
Soll dich der Teufel holen.
Herbringen. Schnell.
Mehr hab ich das nie gewollt.
Ulla Hahn

Ist furchtbar allein – allein wie noch nie. Und hat eine garantiert regenfeste Sehnsucht nach Ihm und fühlt sich völlig durcheinander. (...) Nu – soll kommen. Nu – soll lieb sein. Nu – soll nicht bocken. Und soll klein Fingerchen geben. Und Sonne in Herz strahlen. Und keine Zickeles machen.
Kurt Tucholsky an Mary Gerold, seine spätere Frau, 1. Juli 1924

Nichtswürdig Grausame, Du Kieselherz, die Du einem hungernden Kind das Stück Brot wegreißt, wie konntest Du das über Dich bringen? wie konntest Du? weißt Du, was das für mich bedeutet? Ich will mein Spielzeug haben, und ich soll es wegwerfen. Ich will meine Jungfrau Maria haben auf dem himmlischen Thron. Ich will meine italienische Bäuerin haben. Ich will meine Mitvagabundin haben, mit der ich Pferde stehlen kann. Ich will meine Dunkle Dame haben. Ich will meinen Engel haben – meine Versucherin. Ich will meine Freia haben mit ihren Äpfeln. Ich will die haben, die mir meine sieben Leuchter der Schönheit, der Ehre, des Ge-

lächters, der Musik, des Lebens und der Unsterblichkeit anzündet. Meine Inspiration will ich haben, meinen Wahn, mein Glück, meine Gottheit, meinen Irrsinn, meine Selbstsucht, und endlich meine Vernunft und Heiligung, meine Transfiguration, meine Läuterung, mein Licht über dem Meere, meine Palme fern in der Wüste, meinen Garten voll lieblicher Blumen, meine unzähligen namenlosen Freuden, den Lohn meiner Tage, meiner Nächte Traum, meine Geliebte und meinen Stern.
Und das alles verweigerst Du mir mit sechs leeren Redensarten (...).
O grausam, grausam, grausam, grausam, hast Du denn gar kein Herz?

George Bernard Shaw an Stella Patrick Campbell, 27. Februar 1913

Komm heim zu mir
denn bist du fern
sind mir die Hände abgeschlagen
die Augen ausgestochen
und Flammen sengen meine Haut
da ich nicht bei mir bin
wenn du nicht bei mir bist
Geliebter

Brigitta Rambeck, Käthchen

MEIN SCHWERSTVERMISST

mein Schwerstvermißt-und-innigstwiedergefunden
mein Gottlobwiederda
und Jetztimmerbeimirbleibensollen
mein Schlafegutundseigesund,
du Tausendmalgeliebtundewigewigimmerfort
ach, du mein Liebstdumich?undliebemich!
am deinsten bin ich dein, mein Dichliebich,
und du, mein allermeinstes Mein?
dein, deiner, am deinsten bin ich dein
dich, dicher, am dichsten lieb ich dich, du Meinmeindu
aber jetzt schlaf gut,
du mein Gottlobundgottseidank,
und sei gesund,
mein Endlichwieder-endlichendlichendlichach!

Julian Schutting

Daß du kamst war gut; mich verlangte so sehr nach dir,
hast das Herz mir gekühlt, das im Brande der Sehnsucht
stand.
Sei so viel mir gegrüßt wie die Tage der Zeit an Zahl,
seit von uns du dich trenntest …

Sappho

Ich höre es
so gern,
wenn Du mir sagst,
daß Du
mich liebst

VIII.

Roxane. Und kommt die Zeit, in was für Worten dann
Wird sich Ihr Herz ergehn?
Cyrano. In allen, allen,
Die mich in bunter Wildheit überfallen,
Bevor ich sie zum Sträußchen binden kann:
Ich liebe dich, bin toll, verrückt, von Sinnen;
Zum Glockenspiele machtest du mein Herz,
Und weil es bebt in Sehnsucht und Frohlocken,
Drum tönt dein Name laut von allen Glocken.
Nichts, was die Liebste tut, kann mir entrinnen:
Du trugst vergangnes Jahr am neunten März
Anders dein Haar geordnet als am achten.
Entschwindet mir's, dann scheint der Tag zu nachten.

Edmond Rostand, Cyrano von Bergerac

Das Herz ist einfach, May, und die Herzensoffenbarungen sind ebenfalls einfach. (...) Was meinst du, sollten wir nicht von der Rhetorik zur einfachen Herzenssprache überwechseln?

Du lebst in mir, und ich lebe in Dir!
Du weißt es, und ich weiß es wie Du.

Khalil Gibran an May Ziadeh, 5. Oktober 1923

Lebe wohl, es ist mir, als wenn ich an Deinen Lippen hinge und mich nicht losreißen könnte. Wenn ich mit Engels Zunge redete, so könnte ich Dir nicht sagen, wie sehr ich Dich liebe.

Johann Anton Leisewitz an Sophie Seyler, seine spätere Frau, 25. April 1780

Wie ich Dich liebe, Emanuel, könnte ich's Dir mit Worten sagen, aber das kann ich nicht, und Du mußt es mir im Herzen lesen. O, und es ist so beseligend zu wissen, zu fühlen, daß Du das kannst. Siehst Du, ich denke immer, unsere Liebe könnte gar nicht größer sein, wie sie ist, und doch fühle ich jedesmal, daß sie immer noch wächst.

Franziska Gräfin zu Reventlow an Emanuel Fehling, 3. Januar 1891

Du wanderst durch meinen Körper und bringst ihn zum Schwingen.«

»Du sagst mir so schöne Sachen.«

»Ich würde dir noch viel mehr sagen, wenn ich es könnte.«

Ivan Klíma, Liebesgespräche

Wie sollte die Liebe zu Dir, deren mein Herz voll ist, mich schweigen lassen? Ungenügende Rede ist in einer Hinsicht besser als keine Rede – der Redende hat es wenigstens mit Worten versucht, und wenn es mißlingt, so braucht er sich künftig nicht vorzuhalten, daß er nicht einmal einen Versuch gemacht hat – und so auch jetzt mit mir, denn ich liebe Dich, Ba, von ganzem Herzen und von ganzer Seele, und alle meine Sinne sind in einer weiten staunenden Dankbarkeit und Verehrung verloren, und darum dränge ich mich eng an Dich, um es Dir so unvollkommen zu sagen, liebe, liebste Geliebte!

Robert Browning an Elizabeth Barrett, seine spätere Frau, 16. März 1846

ICH LIEBE DICH

Mir ist, als müßt ich immer sagen:
    Ich liebe dich,
Und mag nicht auszusprechen wagen:
    Ich liebe dich.
Die Maienlüfte säuseln wieder,
    Ich lausche hin,
Und alle Blütenzweige klagen:
    Ich liebe dich.
Der Sang der Vögel ist erwachet,
    Ich lausche hin,
Und alle Nachtigallen schlagen:
    Ich liebe dich.

So frag die Lüfte, frag die Blumen,
Die Vögel all,
Vielleicht, daß *sie* für mich dir sagen:
Ich liebe dich.
Ich wandle fern von dir und habe
Nur einen Trost
In diesen schönen Frühlingstagen:
Ich liebe dich.

Heinrich Hoffmann von Fallersleben

Überhaupt« habe ich Dir zu sagen!

1. daß ich Dich wahnsinnig liebe!
2. daß ich ohne Dich nicht leben kann!
3. daß ich Dich noch ärger liebe!
4. daß Du mein Lebensglück bist!
5. daß ich Dir treu bin – treu mit hingebender, unsagbarer Zärtlichkeit!
6. daß ich Dich *liebe*!
7. daß ich Dich *anbete*!
8. daß ich Dich vergöttere!

9tens – daß ich zusammensinke wie ein ersoffener wie untergehender Hund, wenn ich Deinen Namen nenne. –
10tens daß ich Dich liebe! –
11tens, daß ich Dich liebe! –
12tens, daß ich Dich *auffressen* möchte – Du – Du – Engel – Du!

13. Kind, ich liebe Dich ganz einfach.
14tens Schatz – lieben Sie mich Herr Doctor!
15tens ich verehre Dich!
16tens – heut abend gehe ich mit Willy in Madame San Gene. –
17tens Es steht bei *Dir,* Dich danach zu verhalten.
18tens ich *liebe, lieb, liebe, liebe* Dich!
und 19 – tens. – Glaube es mir – ich beschwöre Dich –!
20. Warst Du mir treu?
Ja – ja!!!!!!!!
21. – Morgen bin ich in Josefstadt zur Eröffnung.
22. – wirst Du wissen, *wer* ich bin –.
und 23 – ich liebe Dich noch mehr! –
Du raubst mir meinen Verstand. –

Pech.

Adele Sandrock an Arthur Schnitzler, 27. September 1894

Nur ein einfaches »Ja« verlangen Sie? So ein kleines Wörtchen – so wichtig! Doch – sollte nicht ein Herz so voll unaussprechlicher Liebe, wie das meine, dies kleine Wörtchen von ganzer Seele aussprechen können? Ich tue es und mein Innerstes flüstert Ihnen ewig zu.

Clara Wieck an Robert Schumann, ihren späteren Mann, 15. August 1837

Du liebst mich! Endlich! (...) Als Du mir dieses »Ja« sagtest, glaubte ich ersticken zu müssen, so groß war meine Freude. Du liebst mich! Ich wage noch immer nicht, es zu glauben. (...) Alles ist mir schier unfaßbar. Immer klingt mir Dein »Ja« in den Ohren.

Charles de Coster an Eliza van Spruyt, 1851

Wenn Dich also die müßige Frage bewegt, ob ich immer noch von Liebe zu Stella erfüllt bin, so lautet die Antwort ja ja ja ja ja ja ja ja ja ja ja ja ja ja ja ja ja ja ja ja ja ja ja ja ja ja ja ja ja ja und millionenmal ja. Kann nicht anders. (...) Mein Gott! wie köstlich ist es, Dir zu erklären, wie lieb Du mir bist!!!!!

George Bernard Shaw an Stella Patrick Campbell, 3. April 1913

LIEBESJUBEL

Ich ritzt' es gern in alle Rüben ein,
Ich stampft' es gern in jeden Pflasterstein,
Ich biß' es gern in jeden Apfel rot,
Ich strich es gern auf jedes Butterbrot,
Auf Wand, Tisch, Boden, Fenster möcht' ich's schreiben:
Dein ist mein Herz, und soll es ewig bleiben!

Ich schör' es gern in jede Taxusheck'
Graviert' es gern in jedes Eßbesteck,
Ich sät' es gern als lecker grüne Saat
Ins Gartenbeet mit Kohlkopf und Salat,
In alle Marzipane möcht' ich's drücken
Und spicken gern in alle Hasenrücken
Und zuckerzäh auf alle Torten treiben:
Dein ist mein Herz, und soll es ewig bleiben!!

Ich möcht' mir zieh'n ein junges Känguruh,
Bis daß es spräch' die Worte immerzu,
Zehn junge Kälbchen sollen froh sie brüllen,
Hell wiehern hundert buntgescheckte Füllen,
Trompeten eine Elefantenherde,
Ja, was nur kreucht und fleucht auf dieser Erde,
Das soll sie schmettern, pfeifen, quaken, bellen,
Bis daß es dröhnt in allen Trommelfellen
Mit einem Lärm, der gar nicht zu beschreiben:
Dein ist mein Herz, und soll es ewig bleiben!!!

Hanns von Gumppenberg nach Wilhelm Müller

Ich
schreibe,
um bei Dir
zu sein

IX.

Während ich Dir schreibe, spreche ich mit Dir. Das heisst, ich spreche nicht, ich stammele, stottere, überströme, tausend Dinge, tausend Bilder – von allem löst sich dann ein armer kleiner Satz, der steht auf dem Papier, das andere, das Beste, Schönste bleibt ungesagt. Aber vielleicht hörst Du es brausen.

Ninon Dolbin an Hermann Hesse, ihren späteren Mann, Ostersonntag 1926

Ich schreib dir einen Liebesbrief seit heute früh um acht,
Ich hab die ganze Nacht
An nichts als dich gedacht.
Ich schrieb dir gern drei Worte nur:
»Ich lieb dich« – kurz und schlicht,
Doch leider, leider, traue ich mich nicht!
Drum schreib ich dir von Dingen und von Leuten,
Die mir im Grunde keinen Deut bedeuten.
Was immer auch geschrieben steht auf diesem Stück Papier –
Es heißt nur eins: Ich sehne mich nach dir!

Mascha Kaléko

Du könntest mir ein Blatt Papier mit Deinem Namen schicken, und ich wäre so vergnügt wie eine Königin.

Luise Mejer an Heinrich Christian Boie, ihren späteren Mann, 2. Juni 1779

Wenn ich auch nur ein weißes Blatt erhielte, von dem ich wüßte, daß Deine Hand darauf gelegen hätte, daß Du es an Deinen Mund, an Deinen Busen gedrückt hättest, so könnte mich das stundenlang beschäftigen.

Johann Anton Leisewitz an Sophie Seyler, seine spätere Frau, 5. Februar 1778

Wenn irgendwo nichts steht, so lesen Sie bitte, daß ich Sie liebe!

Denis Diderot an Sophie Volland, 10. Juli 1757

Was könnte ich Dir nicht alles sagen, wenn ich nicht eine Art Scheu hätte, Zärtlichkeiten aufs Papier zu setzen.

Bettine von Arnim an ihren Mann Achim von Arnim, 29. April 1818

Mit jedem Druck der Feder
Drück ich Dich an mein Herz,
Bald tragen mich flüchtge Räder
Wieder zu Lust und Scherz.
Ich öffne leise die Türe,
Und weil es so dunkel ist,
Dir Leib und Schenkel berühre
Ob Du dieselbe bist.

Achim von Arnim

Für meine Augen war es ein Vergnügen, mehrere Male über alle die Schriftzeichen zu gleiten, die von Eurer Feder stammen. Voller Übermut über ihr Glück ziehen sie meine ganze Seele in sich hinein und heften sich mit langen Blicken fest, um sich der hübschen Skizze Eurer Seele zuzugesellen.

Cyrano de Bergerac, Herzstiche

Gelobet sei Gott (sage ich mit dem Koran der Türken), der die Schreibfeder geschaffen hat; denn wenn ich an mein Mädchen schreibe, werde ich besser!

Johann Gottfried Herder an Caroline Flachsland, seine spätere Frau, Ende September 1771

Endlich ertappe ich doch einmal eine Stunde, um an Dich zu schreiben, und kein Geschäft soll mich davon abhalten. Sagt die Bibel nicht selbst, sechs Tage sollst Du arbeiten und den siebten an Dein Mädchen schreiben?

Johann Anton Leisewitz an Sophie Seyler, seine spätere Frau, 15. Februar 1778

Natürlich schreiben wir einander nur Mittwochs und Samstags. Heute ist Mittwoch, morgen ist Samstag, übermorgen Mittwoch.

Joachim Ringelnatz an seine Frau Muschelkalk, 9. September 1920

Rede mir zu, streichle mich, blicke mich fest und freundlich an – ach, Du kannst das alles auch mit Worten, wenn Du mir fern bist – tu es (…). Jedes Liebeswort machte mich sonst lachen, und jetzt les' ich die zärtlichen Stellen Deiner Briefe oft zwanzigfach und klammre mich an sie.

Theodor Fontane an Emilie Rouanet-Kummer, seine spätere Frau, 9. April 1849

Ich glaube gar, ich bin in Dich verliebt! Seit gestern, da ich nämlich Deinen kritzligen Brief erhielt, hab' ich ihn schon dreimal gelesen, und eben war ich im Begriff, es zum vierten Male zu tun, als ich mich besann (…), den Brief in die

Schublade warf, diese zuschloß und mir vornahm, das Geschreibe gar nicht mehr anzusehen.
Ernsthaft! Der Brief hat mir viel Freude gemacht. Erstens, weil er so herzensgut ist wie alles, was von Dir kommt; dann aber auch, weil er so gut geschrieben ist, so ganz, wie ich's liebe.

Franz Grillparzer an Katharina Fröhlich, 4. Oktober 1823

Zehnmal hab ich Deinen lieben Brief vom 3. gelesen, dann wieder an seinen Platz auf mein Herz gelegt und so damit geschlafen.

Luise Mejer an Heinrich Christian Boie, ihren späteren Mann, 14. April 1784

Du schläfst wohl schon. Deinen Brief nehme ich mit ins Bett und will Dein Papier, worauf Deine liebe Hand geruht, zur guten Nacht küssen und in Gedanken Dich, Dich auf Mund und Auge. Gute Nacht!

Theodor Storm an Constanze Esmarch, seine spätere Frau, April 1844

Ich schwelge in Deinen Worten – sie sind eine Himmelsspeise, ich lese sie mir nachts noch mit leiser Stimme im Bett vor, ehe ich das Licht auslösche, und dann ruht Dein Brief an meinem Herzen und geht tags mit mir aus.

Peter Cornelius an Bertha Jung, seine spätere Frau, 27. März 1865

Warum schreibst Du aber so verlockende Briefe? Ich bin nur ein armes harmloses Menschenkind und solchem Zauber nicht gewachsen!

Luise von Gall an Levin Schücking, 18. Dezember 1842

Teures, geliebtes, bestialisch liebes Lilchen!
Nun wird mir niemand vorwerfen können, daß ich wenig lese, – ich lese die ganze Zeit Deinen Brief. Ich weiß nicht, ob ich davon gebildet werde, aber froh bin ich schon.

Wladimir Majakowskij an Lilja Brik, 15. März 1918

Dein letzter Brief hat mich entzückt. Ich juble! Auch Du lieber Höllenbraten, Du Satansbraut, Du Himmelslieb, Du Erzengel und Erzteufel zugleich – mir gehörst Du in Leben und Tod und nichts soll sich mehr zwischen uns drängen.

Hugo Wolf an Frieda Zimmer, 4. März 1894

Ich küß Deine lieben Hände, denn in ihre Fingerspitzen hat sich Deine Seele gesetzt und hat sie regiert zum Schreiben alles dessen, was mich entzückt.

Bettine von Arnim an ihren Mann Achim von Arnim, 6. Juni 1820

Du hast mir einen Brief geschrieben, den ich in aller Hinsicht fast den *liebsten* nennen möchte (...). Ich küsse die Hand, die ihn schrieb, und das Herz, das ihn diktierte.

Heinrich von Kleist an Wilhelmine von Zenge, 22. März 1801

Wie hast Du mir süß geschrieben, Du! Dein Brief war wie ein weiches Kosen Deiner Hände. Und ich hielt mich Dir hin und ließ es mir so gerne gefallen.

Paula Becker an Otto Modersohn, ihren späteren Mann, 26. Dezember 1900

Kannst Du meine Schrift einigermassen lesen? Sonst lege nur die Hand auf den Brief u(nd) sein Sinn ist erfüllt.

Gottfried Benn an Ursula Ziebarth, 23. August 1954

Du schreibst eine schlechte Handschrift – meinst Du – ei, Herz, es ist ja so schön, man sieht den Schlag des Herzens in so raschen Zügen wirken. Wenn ich ja diese schnell hingekrackselten Schriftzüge küsse, so habe ich da Dich, unmittelbar Dich an meinem Munde.

Peter Cornelius an Bertha Jung, seine spätere Frau, 28. März 1865

Wie ich mich gestern freute, als ich Deinen lieben Brief empfing, kann ich Dir gar nicht sagen. Deine bloßen Schriftzüge sind für mich elektrisch, mir ist, als ob ein Teil Deines Wesens in sie übergegangen wäre, so daß ich nie einen Zettel von Dir, und wenn's ein Waschzettel sein sollte, zerreißen könnte. Das weißt Du und hast oft darüber gelacht; es ist aber so. Darum kommt es gar nicht darauf an, ob in Deinen Briefen viel oder wenig steht; mir sind sie wie lebendige Boten Deiner Seele, die mir in ihrer bloßen Existenz immer viel mehr bedeuten als alles, was sie bringen oder melden.

Friedrich Hebbel an seine Frau Christine, 25. Februar 1852

Ich liebe Deine Schrift.
Ich kann mir keine Schrift denken, die Wesen und Gestalt der schreibenden Person so sichtbar macht wie Deine. Die Zeichen auf dem Papier sind die Schatten der Worte aus Deinem Munde. Jeder Buchstabe ist ein kleiner Mensch und

Dir ähnlich. Manche Zeilen stürmen dahin wie Gazellen, andere gehen gemächlich einher. Dein Haar ist darin, die schlendernde Unbekümmertheit Deines Ganges, die Schwünge, Schleifen, Schweifungen der Buchstaben haben ganz Dein Gehabe und Deine Anmut. Es würde mich nicht wundern, wenn sie nachts lebendig würden und im Mondschein umherspazierten, Arm in Arm oder umschlungen, und erst morgens auf ihre Plätze zurückkehren würden.

Ernst Penzoldt, Sand

O Gott, ich küsse jede Zeile, jedes Wort von Deinen Händen, jeden Ausdruck, jede Spur Deines Daseins.

Ludwig Tieck an Henriette von Finckenstein, 6. November 1806

Ich will Dich wenn Du wiederkommst, für jeden Buchstab küssen, den Du *an mich* geschrieben hast. Aber nein, alles, alles was Du geschrieben hast, verdient ja wohl, daß ich Dich küsse.

Meta Moller an Friedrich Gottlieb Klopstock, ihren späteren Mann, 8. August 1752

Schatz, sei geküßt so oft, als der Brief Buchstaben hat.

Max Dauthendey an seine Frau Annie, November 1905

Sag mir, daß Du mich (...) liebst (...) und daß Du mir Briefe schreiben wirst, so dick wie die Sonntagszeitung.

Frida Kahlo an Alejandro Gómez Arias, undatiert

Schreib mir, daß Du mich lieb hast; ich habe es so lange nicht ordentlich gehört und bin so hungrig darauf, Du dummes, nichtswürdiges kleines Pferd!

Annette von Droste-Hülshoff an Levin Schücking, 5. Mai 1842

Mir fällt das Leben leichter, wenn Du mir schreibst.

Olga Knipper an Anton Tschechow, ihren späteren Mann, 13. Januar 1901

Deine Briefe sind wirklich eine Notwendigkeit für mich geworden, ich renne nach dem Briefkasten. Man hört Deine Stimme so gut in ihnen.

Heinrich Blücher an seine Frau Hannah Arendt, 3. Mai 1952

Was um neun Uhr in den Kasten fiel, war wirklich der Brief, ich hatte ihn herbeigewacht und herbeigezwungen, und noch nie ist etwas so Schönes in dem Kasten gelegen.

Karl Kraus an Sidonie Nádherný von Borutin, 14./15. Februar 1922

Warum kann ich nicht zwischen den Gedichten im Briefumschlag mitreisen zu Dir! Ach, der Mensch ist doch noch nicht auf der Höhe seines Verstandes angekommen, da er seine Gestalt nicht beliebig wechseln kann.
Ich habe solche Sehnsucht, in diesem Brief zu liegen und herauszukommen und Dir um den Hals zu fallen, wenn Du den Brief öffnest.

Max Dauthendey an seine Frau Annie, 5. Mai 1915

Du grausame, herzlose Frau, hundert Jahre ist es her, daß ich einen Brief von Dir bekommen habe. Was soll das bedeuten? (...) Mir keine Briefe zu schreiben, ist eine absolute Gemeinheit von Dir! (...) Ich werde Dich bestimmt verdreschen, Teufel nochmal. (...)
Schreib, mein Täubchen, ich bitte Dich inständigst.

Anton Tschechow an Olga Knipper, seine spätere Frau, 11. Januar 1901

Danke für Deinen Brief, er hat gutgetan. Ich bin in allen Punkten Deiner Meinung, auch darin, daß Du mich liebst. Mehr noch, ich bin auch damit einverstanden, Dich nie mehr loswerden zu können.

Wolf Wondratschek, Lilo Rinkens, Kelly-Briefe

Wir sind uns ja darüber einig, daß Liebesbriefe eine ziemlich törichte Einrichtung sind – trotzdem – Du bist da: Dein Kopf liegt an meiner Schulter, ich sehe Deine Haare im Licht zittern, ich streichele Deine Hand. Ich empfinde Dich ganz deutlich, so nahe, so nahe, ich fühle die Wärme Deines Körpers – und ich möchte immer das eine: Du sollst immer da sein.

Kurt Tucholsky an Mary Gerold, seine spätere Frau, 25. Januar 1918

Das Schreiben ist dumm. Am Sonntag küss' ich Dich mündlich.

Albert Einstein an Mileva Marić, seine spätere Frau, Mai (?) 1901

Ich küsse
mich
in Dich
hinein

X.

SONETT VON ERFÜLLTER LIEBE

Ich liebe deines Mundes Bitterkeit,
der schmalen Augen strenge Spangen,
vom vagen Frieden deiner Stirn gefangen
wie Sterne, grünlich blinkend, himmelsweit.

Die dichten Wimpern, trotzig eingerollt
und jenes Lächeln, das du nur vermagst,
wenn du das Blut bis in den Aufstand jagst –
in Augenblicken von vieltausend Volt.

Des langen Schlafes Unschuld lieb ich sehr –
aus der mein Kuß dich immerfort vertreibt,
auf fest verschloßne Lippen. Und ich hör
den Seufzer, der von deinen Träumen bleibt.

Mein Kuß, der blütengleich, durchscheinend steht
und in dem Licht des Tags vergeht.

Nina Cassian

Ich küsse Dich jetzt – am Abend – die Nacht hindurch, ich zerbeiße Deinen göttlichen Mund, ich träume, daß Du mir gehörst – ich lebe und atme für Dich, bin selig in meinem lachenden Glück in diesen wonnigen Tagen. – Arthur – Dir gehöre ich mit Leib und Seele – auf lange lange Zeit.

Adele Sandrock an Arthur Schnitzler, 22. Dezember 1893

Meine Schöne, meine Angebetete, ohne Dich ist es sterbenslangweilig. Gähnende Leere hier, zum Küssen sind mir nur Deine Kleider geblieben. Deine Augen, Dein Mund, Dein ganzes Wesen, sie fehlen mir. Du bist die einzige, ich liebe Dich in alle Ewigkeit. (...)
Ich liebe Dich über alles, das weißt Du. Du bist mein zartes, schönes, kleines Mädchen. Ich küsse Dich überall.

Paul Eluard an seine Frau Gala, 29. Mai 1927

Was wirst Du tun, wenn ich komme und Dir die Hand küsse und ganz still und fein neben Dir sitze? Glaubst Du, Du würdest dann glücklich sein? Vielleicht küsse ich einfach Deine liebe Hand und schaue, was passiert.

Radclyffe Hall an Evguenia Souline, 8. September 1934

Es klopft. Und ich sage fröhlich: Herein! und es kommt jemand hereingestolpert. Ich erhebe mich in meiner ganzen Schwere und will der Dame einen Handkuß applicieren. Und sie erlaubt es –! (Da habe ich mich wohl verträumt.) Und sie erlaubt es, und ich küsse Haar und Augen und Hand und Lippen, immerzu. Und sie sagt leise: »Genug?« – Und ich sage: Nein. Nie genug. Nie.

Kurt Tucholsky an Mary Gerold, seine spätere Frau, 17. August 1918

NUN NIMMT ER SIE FEST

Ich nehme dich und küsse dich
Und lasse dich nicht von mir,
Ein blinder Bettler wäre ich,
Wär nicht mein Herz bei dir.

Seele, Sinne, alles Meine,
Es ist deine
Jederstund;
Laß mich küssen, laß mich küssen
Deine Hände, deine Stirne,
Deine Augen und den Mund.

Otto Julius Bierbaum

Da ich Dich liebe (...), liebe ich die ganze Welt und dazu gehört auch Deine linke Schulter, nein, es war zuerst die rechte und darum küsse ich sie, wenn es mir gefällt (und Du so lieb bist, die Bluse dort wegzuziehn) und dazu gehört auch die linke Schulter und Dein Gesicht über mir im Wald und Dein Gesicht unter mir im Wald und das Ruhn an Deiner fast entblößten Brust.

Franz Kafka an Milena Jesenská, undatiert

EIN LIEBESNACHT-WÖRTCHEN

Ja – – ja! – – ja!! – – ja!!! – –
Du hast so süße Höschen.
Nun sind wir allein. Und es ist Nacht.
Ach hätte ich Dir doch ein Röschen
Mitgebracht.

Joachim Ringelnatz

Ich küsse Dich tausend und drei mal, die 3 letzten Küßchen sind ein Zehenküßchen, ein Po-küßchen und ein Hosenküßchen.

Joachim Ringelnatz an seine Frau Muschelkalk, 13. Januar 1921

Mein Liebster, mein Einziger, kluger und weiser Stups, ich küsse Dich vor allem auf den Bauch, wo es am weichsten ist.

Hannah Arendt an ihren Mann Heinrich Blücher, 28. Juli 1941

Nun schreib ich Dir noch tausend Küsse, alle nur in einem einzigen, den ich Dir gebe, und den Du Dir so oft nehmen kannst, wie Du willst, und der sich doch immer wieder von frischem einfinden soll.

Bettine von Arnim an ihren Mann Achim von Arnim, 21. April 1818

Ich küsse und drücke dich 1095060437082 mal (hier kannst du dich im Aussprechen üben) und bin ewig
Dein treuester Gatte und Freund.

Wolfgang Amadeus Mozart an seine Frau Constanze, 16. April 1789

Sei versichert, Kindchen, daß ich Dich *anbete* und ich nichts auf dieser Welt habe, was ich so innig und herzlich liebe als Dich!
(Diese Liebesbeteuerung ist doch nicht überspannt, gelt?)
1000000000000000000 innige Küsse

Adele Sandrock an Arthur Schnitzler, 22. Juli 1894

Fatima an Usbek

Durch meine Adern fließt das Feuer! Warum kann ich es Dir nicht sagen, was ich so lebhaft empfinde?! Und wie kommt es, daß ich so lebhaft empfinde, was ich Dir nicht sagen kann?! In solchen Augenblicken, Usbek, gäbe ich alles in der Welt für einen einzigen Deiner Küsse!

Montesquieu, Persische Briefe

EIN AUGENBLICK DER LIEBE

Draußen hörte man den Regen murmelnd auf die Steinfliesen der Straßenpflasterung plätschern. Plácido trat zu Marujina hin, ergriff ihre beiden Hände, sein Gesicht kam dem ihren so nahe, daß er ihren lauen Atem spürte, er wagte zwar nicht, sie anzuschauen, begann aber demütig glühende Liebesworte zu stammeln. Endlich blickte er auf, doch da seine Augen denen Marujinas, die eben auch aufschaut, so nahe sind, sieht er nichts als zwei klare Pupillen wie Sterne strahlen, obwohl ein kristallener Tränenvorhang sie verschleiert.

»O Marujina«, murmelte er, »wie habe ich diesen Augenblick ersehnt! Wie habe ich diesen Augenblick ersehnt!«

Eine Pause.

»Ich liebe dich«, fährt Plácido mit dünner zitternder Stimme fort, »ich habe es dir nicht früher gesagt, weil …, ich weiß nicht warum. Ich liebe dich seit ich dich neulich zum ersten Mal sah; und seit jenem Abend hatte ich die Absicht, es dir zu sagen.«

Marujina schluchzt und sagt leise, fast flüsternd:

»Neulich … seit jenem Abend …«, als versuche sie, einen inneren Kummer zu übersetzen. Sie lehnt sich zurück, um das ganze Gesicht ihres Geliebten zu sehen, und betrachtet mit halb geschlossenen schmerzerfüllten Augen das edle, nun ergraute und abgelebte Haupt, die welke runzlige Haut, die weiße Fülle seines Bartes, durch den sich einzelne fahlgoldene Fäden ziehen, den alten leidenschaftlich gierigen Mund, die in jugendlichem Feuer glühenden Augen. Marujina legt ihre Stirn auf Plácidos Schulter und fängt an zu schluchzen.

»Warum weinst du, meine Seele?« fragt er beklommen.

»Neulich …«

Wieder eine Pause.

»Plácido, Plácido!« plötzlich richtet sie sich auf und redet, »jener Abend neulich ist vor fünfundvierzig Jahren gewesen …«

Plácido hält sich beide Hände vor das Gesicht: »O!«

»Du«, murmelt sie kaum hörbar, »bist schon alt. Ich bin schon alt.«

»Nein, das nicht. Weder du bist alt noch ich bin es. Jener Abend, das ist gestern gewesen, vor einem Augenblick, eben erst.«

»Das ganze Leben.« (…)

Plácido ergreift wieder Marujinas Hände und zieht sie zu sich heran. Die Greisin läßt es geschehen.

»Liebst du mich, Marujina, liebst du mich?«

Marujina schweigt gerührt.
»Dann ...«, Plácido ist ganz rot geworden und redet mühsam, »gib mir einen Kuß, den ersten.«
Lautes Kindergelächter erschallt von der einen Spalt offenen Tür her, wo eine Bande Straßenjungen neugierig hereinspäht. Einer von ihnen ruft:
»Hui, die Alten! Was für Schweinigel!«
Sie rennen fort, und ihre Füße platschen über die regennassen Fliesen.

Ramón Pérez de Ayala

EHEBRIEF

Nun zeigt ein Brief, daß ich zu lange
Nicht sonderlich zu dir gewesen bin.
Ich nahm das Gute als Gewohntes hin.
Und ich vergaß, was ich verlange.

Verzeihe mir. – Ich weiß, daß fromme
Gedanken rauh gebettet werden müssen.
Ich danke jetzt. – Wenn ich nach Hause komme,
Will ich dich so wie vor zehn Jahren küssen.

Joachim Ringelnatz

Ich küsse Dich seit 25 Jahren.

Paul Eluard an seine frühere Frau Gala, Oktober 1938

Ich küsse alle Teile Deines Leibes, zweie ausgenommen, die ich nicht nenne, weil Du meine Briefe im ganzen Hause zur Erlustigung der Mägde herumfahren läßt.

Achim von Arnim an seine Frau Bettine von Arnim, 12. November 1819

Ich küsse Dich um und um, küsse mich an Dich heran, in Dich hinein; ich will wieder in die Arme, zwischen die Beine, auf den Mund, auf die Brüste, in den Schoß meiner Frau.

Heinrich Blücher an Hannah Arendt, seine spätere Frau, 21. Februar 1937

Du bist immer neu. Der letzte Deiner Küsse war immer der süßeste; das letzte Lächeln das freundlichste; die letzte Bewegung die graziöseste.

John Keats an Fanny Brawne, März 1820

Ich habe
großes
Verlangen
nach Dir

XI.

LIEBESLIED

Dein Mund, der schön geschweifte,
Dein Lächeln, das mich streifte,
Dein Blick, der mich umarmte,
Dein Schoß, der mich erwarmte,
Dein Arm, der mich umschlungen,
Dein Wort, das mich umsungen,
Dein Haar, darein ich tauchte,
Dein Atem, der mich hauchte,
Dein Herz, das wilde Fohlen,
Die Seele unverhohlen,
Die Füße, welche liefen,
Als meine Lippen riefen –:
Gehört wohl mir, ist alles meins,
Wüßt' nicht, was mir das liebste wär',
Und gäb nicht Höll' noch Himmel her:
Eines und alles, all und eins.

Klabund

An Dir ist alles schön: Deine Augen, Dein Mund, Deine Haare, Deine Brüste, Deine Härchen, Dein Hintern, Dein Geschlecht, Deine Beine, Dein Geschlecht, Deine Hände, die das, was sie kneten, nicht mehr loslassen, und dieser Zwischenraum zwischen Deinen Schenkeln, nahe bei Deinem Geschlecht, Deine Schultern. Ich bin ganz besoffen beim Gedanken an jeden einzelnen Teil Deines Körpers. Und alles, was Du tust, berauscht mich, erschreckt mich, quält mich, bezaubert mich, alles, was Du tust, ist vollkommen.

Paul Eluard an seine Frau Gala, 16. Januar 1930

❀

Noch nie hat jemand so geliebt wie ich. Ich bin Dir verfallen … Mein Herz strömt über vor Liebe, ich weiß nur noch, daß ich Dich liebe … Sag mir, daß Du mir alles gibst, Deine Lippen, Deine Zähne, Deine Haare, Deinen Kopf, den ich so oft liebkost habe, alles – und daß Du mich küßt, *Du* mich!

Alfred de Musset an George Sand, 1834

❀

Ich will, daß Du Dich mir ganz und gar und schrankenlos hingibst, ich will, daß Du alle Schleusen öffnest; laß doch diesen herrlichen starken Strom Deiner Liebe voll auf mich los; ich schwimme ja in ihm, er trägt mich ja, er reißt mich doch nur vorwärts.

Heinrich Blücher an Hannah Arendt, seine spätere Frau, 22. Februar 1937

Wärst du ein Bächlein, ich ein Bach,
So eilt' ich dir geschwinde nach.
Und wenn ich dich gefunden hätt'
In deinem Blumenuferbett,
Wie wollt ich mich in dich ergießen
Und ganz mit dir zusammenfließen,
Du vielgeliebtes Mädchen du!
Dann strömten wir bei Nacht und Tage
Vereint im süßen Wellenschlage
Dem Meere zu.

Wilhelm Busch

❀

Bist Du schon jemals im sehr aufgewühlten Meer geschwommen? Ich schon – Du wirfst Dich in die Brecher – die Wellen schlagen dicht über Dir zusammen – doch Du schüttelst das Wasser aus Augen und Haaren – und dann kommt das Gefühl unglaublicher Kraft. Etwas Gigantisches hat Dich in seiner Gewalt – berauscht lachst Du – halb wild vor Lachen und Erregung. So fühle ich mich, wenn ich auf das Meer leidenschaftlichen Glücks geworfen werde. Ich liebe Dich – Ich *liebe* Dich.

Katherine Mansfield an Garnet Trowell, 13. Oktober 1908

❀

Ich aber vermisse Dich hier sehr. Im Bett, auf dem Strand, der Tür, durch die Du nicht hereinkommst. Mein Gemüt steht nach Dir, die Liebe drängt in Dich hinein. (...) Nicht nur in Honolulu gibt es viele Muscheln, doch ich will Deine.

Ernst Bloch an seine Frau Karola, 9. September 1935

❀

Unermeßlich, unerschöpflich strömt das Glück auf mich herein in kristallnen, kühlen Wogen, es ist Deine Liebe, meine angebetete Frau! Ich bade drin, ich schlürfe davon, es ist mein Element.

Peter Cornelius an Bertha Jung, seine spätere Frau, 6. Juni 1865

❀

Ich bin sehr verliebt in Dich, süße Frau, und ach, Du weißt es, es gibt für mich nichts Gefährlicheres, als Deinen kleinen nackten Fuß zu sehen; es hat mir ja sogar oft genug den Kopf verdreht, wenn noch der weiße Strumpf ihn verhüllte. Deshalb will ich jetzt mit Deinem Fuß nichts mehr zu tun haben, er verführt mich. (...) Du weißt, ich kann die Kleider eigentlich nicht leiden, streif sie ab, die braune Lüge, und laß mich an Deiner braunen kühlen Brust liegen. (...) Laß mich Dich küssen, aber lange, ganz lange, bis daß auch Dich, geliebtes Herz, der holde Wahnsinn sanft bezwingt, und Deines Lebens zarte Flut unhaltbar mir entgegendringt.

Theodor Storm an Constanze Esmarch, seine spätere Frau, 18. Juni 1846

Du bist mein wunsch und mein gedanke
Ich atme dich mit jeder luft
Ich schlürfe dich mit jedem tranke
Ich küsse dich mit jedem duft

Stefan George, Du schlank und rein wie eine flamme

Ich liebe Dich, ich liebe Dich, mein Herz ist eine Rose, mein Leben ist eine Wüste, die der köstliche Hauch Deines Atems kühlt, deren klare Brunnen Deine Augen sind; die Spur Deiner kleinen Füße gräbt mir schattige Täler, der Duft Deines Haars ist wie Myrrhe, und wo Du vorübergehst, verströmst Du den Wohlgeruch der Cassua.

Oscar Wilde an Lord Alfred Douglas, 20. Mai 1895

Laß mich lange, lange den Duft deiner Haare atmen! Mein ganzes Gesicht möchte ich in sie versenken – so taucht ein Durstiger ins labende Wasser einer Quelle – und sie mit meiner Hand zerwühlen wie ein duftendes Tuch, um Erinnerungen in die Luft zu schütteln.

Wenn du nur nachempfinden könntest, was ich alles sehe! Was ich alles spüre! Was ich alles höre in deinen Haaren! Meine Seele wird vom Duft weit entrückt wie die Seelen anderer Menschen von der Musik. (…)

Laß mich lange in deine schweren, schwarzen Flechten beißen. Wenn ich an deinen schmiegsamen, widerspenstigen Haaren nage, ist mir zumute, als äße ich Erinnerungen.

Charles Baudelaire, Die halbe Welt in deinem Haar

❀

Schicke mir etwas, das mit dem Parfüm getränkt ist, das Du gebrauchst. So werde ich immer nahe bei Dir sein. Ein Brief spricht von Herzen. Der Duft aber spricht zu den Sinnen. Nichts belebt die Erinnerung so sehr wie der Duft.

Charles de Coster an Eliza van Spruyt, 1851

❀

Sonderbarer Moment: man nimmt einen Anzug aus dem Schrank und findet in ihm ein Taschentuch mit Lippenrot, – vergessen und darin geblieben seit Paris; – und, Liebling, ich kann mir nicht helfen, das Zimmer fängt plötzlich an zu schwanken und dein Geruch ist da und dein Haar und deine zärtlichen Lippen, und ich fühle dieses sausende, hilflose Zittern des Blutes – und ich wundere mich, daß ich noch stehe und doch glaube, ein Blitz wäre mir in die Kniee geschlagen und hätte mich umgeschmissen.

Erich Maria Remarque an Marlene Dietrich, vermutlich 20. Dezember 1938

❀

Alle meine Sinne liegen wie ein inniges Begehren um Trost und Befriedigung flehend vor meiner Erinnerung und Phantasie auf den Knien, und ich kann kaum auftreiben, was diese hungrigen, ungeduldigen Kinder alles wollen, und nur von Dir und immer von Dir, o süße Worte, Blicke, Küsse, Zweifel, o süßer Streit, o Sieg, o Frieden, Freude, du Knospe, Rose, Blatt, ihr Zweige, Palmen, o ganzer mächt'ger, schimmernder Liebesbaum!

Clemens Brentano an Sophie Mereau, seine spätere Frau, 11. Oktober 1803

Cäcilia an Ardinghello

Wie eine Rebe den Ulmbaum werd ich Dich umflechten, und die süße Traube soll Dich schmücken.

Hand in Hand wollen wir nun die Gestirne blinken und den Mond aufgehn sehen, im kühlen erquickenden Geflüster der bewegten Zweige, ohne Furcht bei der Nacht; und uns laut küssen und unsre Wonne girren, zwischen Rosen gelagert unter dem hohen Ahorn, worin die muntern Philomelen seufzen und zwitschern und schlagen.

Wilhelm Heinse, Ardinghello und die glückseligen Inseln

Oft möchte ich in der finstersten Sturm- und regenvollsten Mitternacht aufspringen, Dir zueilen, mich in Dein Bette, in Deine Arme, kurz in das ganze Meer der Wonne stürzen und – sterben. O Liebe, Liebe! Was für ein gewaltiges, wundersames Wesen bist Du, daß Du Leib und Seele so gefangenhalten kannst!

Gottfried August Bürger an Auguste Leonhart, seine spätere Frau, 12. November 1779

❀

Ich sehne mich danach, Deine Arme um mich zu spüren und meinen Mund auf Deinem. Manchmal scheint es mir, als würde man in den Augenblicken der intensivsten physischen Leidenschaft die Seele der Geliebten berühren – seltsam, aber so empfinde ich es.

Radclyffe Hall an Evguenia Souline, 27. März 1935

❀

Ein Tuchhändler bin ich, und liebestoll! Ich liebe dich mehr als alles Flanell und Kaliko, Steppfutter, Barchent, Drell und Merino, Rohseide, Kretonne, Krepp, Musselin, Popelin, Drilch und Zwilch in der ganzen Tuchmarkthalle der Welt. Ich bin gekommen, um dich mitzunehmen, fort von hier, in meinen Basar am Berghang, wo das Wechselgeld durch die Rohrpost flutscht. Wirf deine kleinen Bettsocken weg und deine walisische Wollstrickjacke! Ich will dir selber die Betttücher heizen wie ein elektrischer Toaströster. Ich will dir zur Seite liegen, heiß wie der Sonntagsbraten.

Dylan Thomas, Unter dem Milchwald

Ich bin Dein! Nimm mich und verschlinge mich mit Essig und Olivenöl.

Anton Tschechow an Olga Knipper, seine spätere Frau, 28. Dezember 1900

Ich liebe
Dich
über und über,
um und um,
durch und durch

XII.

»Ich liebe dich!« sagte Serge ganz zart, und der Hauch seiner Stimme bewegte leicht die goldenen Härchen an Albines Schläfen. Er wollte ein anderes Wort finden, sagte aber immer wieder: »Ich liebe dich! Ich liebe dich!«

Albine hörte mit schönem Lächeln zu. Sie nahm diese Melodie auf.

»Ich liebe dich! Ich liebe dich!« seufzte sie noch lieblicher mit ihrer perlenden Jungmädchenstimme. Dann hob sie ihre blauen Augen, in denen Morgenglanz aufleuchtete, und fragte: »Wie liebst du mich?«

Da sann Serge nach. (…)

»Ich liebe dich mehr als alles«, erwiderte er. »Du bist schöner als alles, was ich sehe, wenn ich des Morgens mein Fenster öffne. (…) Ich liebe dich so, daß ich dir mein ganzes Herz geben möchte, damit nichts von meinem Herzen bleibe für den Rest der Welt … Hör zu, ich liebe deine seidenweichen Wangen, ich liebe deinen Mund, der nach Rosen duftet, ich liebe deine Augen, in denen ich mich mit meiner Liebe sehe, ich liebe sogar deine Wimpern, sogar diese Äderchen, die deine blassen Schläfen bläulich durchziehen … Du bist der Atem meines Lebens.« Er senkte die Stimme und sprach wie im Traum. »Man weiß das nicht sofort. Das wächst in einem mit dem Herzen zugleich.«

Émile Zola: Die Sünde des Abbé Mouret

Es ist so schön, Dich zu lieben, denn in Dir liebe ich die ganze Welt!

Ninon Dolbin an Hermann Hesse, ihren späteren Mann, 19. Mai 1926

Verließe mich die *ganze* Welt und Du wärst noch da, dann wäre mir das Leben erfüllt – käme die *ganze* Welt zu mir und Du wärst nicht da – dann wäre das Leben leer.

Katherine Mansfield an Garnet Trowell, 23. September 1908

Ich liebe dich, weil ich dich lieben muß;
Ich liebe dich, weil ich nichts anders kann;
Ich liebe dich nach einem Himmelschluß;
Ich liebe dich durch einen Zauberbann.

Dich lieb ich, wie die Rose ihren Strauch;
Dich lieb ich, wie die Sonne ihren Schein;
Dich lieb ich, weil du bist mein Lebenshauch;
Dich lieb ich, weil dich lieben ist mein Sein.

Friedrich Rückert

Ich liebe Dich für Millionen und Millionen Dinge, Uhren und Vampire und schmutzige Nägel und Kringelbilder und wunderschönes Haar und Schwindlig-Sein und Fallträume. Ich will, daß Du bei mir lebst; Du kannst alle Zwischenräume zwischen den Häusern haben, und ich bekomme ein fensterloses Zimmer; wir bauen ein Halbwegs-Haus; Du kannst mir beibringen, wie man in der Luft spazierengeht, und ich bringe Dir bei, wie Du ohne Noten schöne Geräusche auf dem Klavier machen kannst; unser Bett wird in einer Kneipe stehen, wie wir schon gesagt haben, und wir werden kein Geld haben, sondern vom Geld der anderen leben, was Denen kein bißchen gefallen wird. Das Zimmer ist gerade voll von Denen, aber das ist mir egal, sie sind mir alle egal. Ich will bei Dir sein, weil ich Dich liebe. Ich weiß nicht, was das bedeutet, aber ich weiß, daß ich Dich liebe.

Dylan Thomas an Caitlin Macnamara, seine spätere Frau, 17. Juli 1936

HOCHZEITSNACHT

Ich bring' dir was mit aus Träumeland.
Einen backofen-warmen Alleinestrand.
Einen küssebestickten Sonntag-im-Bett.
Ein Könnte-von-Mozart-sein-Menuett.
Streichelbordüren auf nackter Haut.
Ein gegen Sehnsucht gewachsenes Kraut.

Wolkenpüree und Sternekompott.
Ein EKG vom lieben Gott.
Ich fliege für dich Kassiopeia entlang,
im Haar den Sonnenuntergang,
und biege dir mit geneigtem Mund
die graden Regenbögen rund.

Miriam Frances

Ich liebe Dich, wie man ein geheimnisvolles Wesen, wie man Gott liebt, schaudernd ob seiner Unendlichkeit und Hoheit, ich liebe Dich, wie man die Sonne liebt, die Wärme und Leben verleiht, ich liebe Dich, wie man die Sterne liebt, die sanften Schimmer und Ruhe geben, ich liebe Dich, wie man das liebt, was einem das Leben erfüllt und wertvoll macht; ich liebe Dich, Arthur, unaussprechlich und unermeßlich und ewig. Du bist meine Welt, Du bist mein Alles, Alles, Alles!

Adele Sandrock an Arthur Schnitzler, 29. März 1894

O Du Engel! wie lieb hab' ich Dich!! Himmel und Erde werden vergehen, aber unsre Liebe dauert von Ewigkeit zu Ewigkeit!

Johann Heinrich Voß an Ernestine Boie, seine spätere Frau, 5. Januar 1776

Ich bin und bleibe Dein in Zeit und auch, obschon ich nicht weiß wie, in Ewigkeit. (…) Das Liebhaben ist gewiß das größte Wunder im Himmel und auf Erden und das Einzige, von dem ich mir vorstellen kann, daß ich es in Ewigkeit nicht satt bekommen werde.

Caroline Perthes an ihren Mann Friedrich Perthes, 1. August 1815

Ich glaube an die Liebe, durch Dich, in Dir und mit Dir. Ohne diese Liebe will ich weder Himmel noch Erde. Alle Stimmen meines Herzens und meiner Seele singen den Hymnus der Liebe, die Du erträumt hast.

Franz Liszt an Carolyne von Sayn-Wittgenstein, 11. März 1854

Du hast mir einmal die Reise nach Italien versprochen, ach Herz, ich geb' sie drein! Dein linkes Auge ist Venedig, Dein rechtes Florenz und jedes Wort aus Deinem süßen Munde, o Du heißgeliebte Frau, ist ein Chor aus der Sixtinischen Kapelle.

Peter Cornelius an Bertha Jung, seine spätere Frau, 6. Juni 1865

Der Februar war immer ein besonderer Monat für mich. Am 26. Februar 1802 bin ich dem Leben geboren worden; am 17. Februar 1833 wurde ich in Deinen Armen dem Glück geboren. Das erste Datum bezeichnet nur das Leben, das zweite die Liebe. Und lieben ist mehr als leben.

Victor Hugo an Juliette Drouet, 26. Februar 1835

Gott grüß Dich, mein herziges Mädchen. Du hast Frühling um mich gemacht und goldne Blumen gucken mit den Spitzen hervor.

Robert Schumann an Clara Wieck, seine spätere Frau, 18. Dezember 1838

Hier sind die ersten Frühlingsveilchen, ich schicke sie Dir, die Du mein ewiger Lenz bist und die Blume meiner Wonne.

Franz Liszt an Carolyne von Sayn-Wittgenstein, 13. April 1851

MAN HÖRT AUF MICH

Ich habe gesagt: Wolken:
bedeckt die Geliebte
wenn ihr die Sonne zu heiß wird.
Fluß: teil dich, wenn sie ans Ufer kommt.

Häuser: nehmt sie auf, wenn sie ermüdet
und Tische: laßt sie zu.
Wiesen: bindet ihr einen Strauß
und Vögel: singt ihr ein Lied,
wenn sie erwacht. Steine:
geht aus dem Weg, den sie nimmt
und Berge: versetzt euch, wenn nötig.
Meere: tragt ihren Körper zu den Kontinenten.
Städte: seid freundlich.
Menschen: liebt, die ich liebe.
Ich habe das gesagt. Nun geh.
Hab keine Angst. Man hört auf mich.

Peter Maiwald

Ich sende Dir meine Fürsorge und meinen Schutz. Ich sende Dir meine große drängende Sehnsucht und meine noch drängendere Zärtlichkeit für Dich. Wenn das Leben Dir hart erscheint & wir getrennt sind, erinnere Dich daran, daß ich Dich so sehr liebe, daß ich mir ein Leben ohne Dich nicht vorstellen kann.

Radclyffe Hall an Evguenia Souline, 7. Juni 1935

Unsrer beider Herzen mögen schwer sein
Durch gemeinsames Mißgeschick.
Aber keine Stunde zwischen uns darf liebeleer sein.

Denn ich liebe dich durch Dünn und Dick.

Joachim Ringelnatz, Privat-Telegramm

Guten Morgen, Lieber, Liebster – guten Morgen! Jetzt habe ich keine Angst und Unruhe mehr in mir, ich bin so ganz von Dir erfüllt – Du bist in mir – und ich bin leicht und froh, beschwingt und glücklich.

Ninon Dolbin an Hermann Hesse, ihren späteren Mann, 27. März 1926

Liebe mich. Sag mir, daß du mich liebst, ich werde besser dadurch. Ich arbeite besser und ruhiger und schneller, wenn du mir sagst, daß du mich liebst, denn ich lebe nur dadurch, daß du mich liebst. (...) Liebe mich, Puma, denn ich brauche soviel Liebe, liebe mich, liebe mich. Es gab eine Zeit bei Goethe, in der er seine Briefe so schloß: liebe mich. Nicht: ich liebe dich, – liebe mich ist ja viel mehr.

Erich Maria Remarque an Marlene Dietrich, 12./18. Januar 1939

Liebe mich: Ich liebe Dich.

Katherine Mansfield an ihren Mann John Middleton Murry, 29. Oktober 1919

ICH LIEBE DICH

Ich liebe dich
heißt auch:
Komm,
schlaf mit mir.
Es kann auch heißen:
Laß uns Kinder haben.
Ich liebe dich.
Ich bin
sehr gern bei dir.
Laß uns zusammen sein
bis zum Begraben.

Ich liebe dich
heißt auch:
Sei zu mir gut,
mach mir das Leben leicht,
das ich nicht zwinge.
Wenn ich allein wär,
fehlte mir der Mut.
Ich liebe dich,
mach, daß es mir gelinge.

Ich liebe dich
heißt auch:
Es macht mich stolz,
daß du mich mehr
als andere begehrst.
Und daß du mir, nur mir
und keinem sonst,
in allem, was du bist,
allein gehörst.

Ich liebe dich
kann heißen:
Sei doch so,
wie ich den andren,
den ich suche, sehe.
Erfüll mir meine Träume,
mach mich froh,
daß ich bestätigt
durch mein Leben gehe.

Ich liebe dich
heißt auch:
Ich will so sein,
wie du mich brauchst –
Ich will dein Schatten werden.
So nützlich
ist dir keiner, ich allein
kann alles für dich tun
auf dieser Erden.

Ich liebe dich
heißt immer:
Ich will dich
für etwas haben,
das mir Glück verspricht.
Manchmal entsteht daraus:
Wir lieben uns.
Erst dieser Satz
hat wirkliches Gewicht.

Heinz Kahlau

»Wie die Liebe alles verändert und umstürzt!« In der Tat: Ein Mensch, der unser Herz öffnet, bringt unsere Seele zum Schwingen. Er stellt unser Leben auf den Kopf und wird zum Mittelpunkt unserer Welt. Dies wollen wir ihm sagen, immer und immer wieder: Wir wollen ihm unsere Liebe erklären.

Liebes-Erklärung – ein seltsames Wort! Als ob man die Liebe erklären könnte! Sie ist weder das Ergebnis einer Gleichung, noch läßt sie sich in eine Formel pressen, und gerade das macht ja ihren Zauber aus. Eine Fülle von Empfindungen überwältigt uns, beflügelt unsere Phantasie und sucht nach immer neuen Ausdrucksmöglichkeiten. Manchmal genügt uns das einfache »Ich liebe Dich«, manchmal drängt es uns, unser unfaßbares Glück wortreich zu bekennen – und niederzuschreiben. Indem wir unsere überströmenden Gefühle schriftlich festhalten, nehmen wir ihnen die Flüchtigkeit und verleihen ihnen Dauer. Gleichzeitig bauen wir eine Luftbrücke zu dem geliebten Menschen, wir berühren, streicheln, umarmen ihn mit Worten und sind ihm auch in der Ferne nah: »Meine Gedanken strecken sich nach Dir aus.«

Die hier ausgewählten berührenden und verführenden Liebeserklärungen aus Gedichten, Briefen und der Literatur beschreiben den Weg vom Ich zum Du: Er beginnt mit einer unbestimmten, ja unbegreiflichen Gefühlsverwirrung, zeigt uns die äußere und innere Schönheit des geliebten Menschen, geht in die Erfahrung über, im anderen geborgen zu sein und ihn zu brauchen, so sehr, daß wir die Qualen des Getrenntseins fast körperlich spüren, führt uns zu purer Lust und Leidenschaft und mündet schließlich im tiefen Glück der bedingungslosen gegenseitigen Liebe: »Wir lieben uns. Erst dieser Satz hat wirkliches Gewicht.« So spannen die Texte in diesem Buch einen weiten Bogen und machen über Jahrhunderte hinweg eines deutlich: Jede Liebeserklärung ist so einzigartig und einmalig wie der Mensch, dem sie gilt. Muß also immer gleich von Liebe die Rede sein? Aber sicher.

Ulrike Ehmann
Rosemarie Mailänder

VERZEICHNIS DER GEDICHTE

QUELLENNACHWEIS

Herausgeber und Verlag danken den nachstehenden Rechteinhabern für die freundliche Genehmigung des Abdruckes der Gedichte, Prosatexte und Übersetzungen. In einigen Fällen waren die Inhaber der Rechte trotz aller Bemühungen nicht ausfindig zu machen. Für Hinweise sind wir dankbar.

Arendt, Hannah, Heinrich Blücher: *Briefe 1936–1968.* © Piper Verlag GmbH, München 1999

Baudelaire, Charles, Die halbe Welt in deinem Haar, aus: *Trente poèmes en prose. Dreißig Gedichte in Prosa.* Auswahl, Übersetzung und Nachwort von Ulrich Friedrich Müller und Marlies Müller-Bek. © Deutscher Taschenbuch Verlag, München 2006

Benn, Gottfried: *Hernach. Gottfried Benns Briefe an Ursula Ziebarth.* © Wallstein Verlag, Göttingen 2001

Bloch, Ernst: *Das Abenteuer der Treue. Briefe an Karola 1928–1949.* © Suhrkamp Verlag, Frankfurt a. M. 2005

Cassian, Nina, Sonette von erfüllter Liebe, aus: *Lyrik aus Rumänien.* © Verlag Philipp Reclam jun., Leipzig 1980

Cyrano de Bergerac: *Herzstiche.* Aus dem Französischen übers. und hrsg. von Wolfgang Tschöke. © Deutscher Taschenbuch Verlag, München 2001, 2005

Einstein, Albert, Mileva Marić: *»Am Sonntag küss' ich dich mündlich«.* © Piper Verlag GmbH, München 1994

Eluard, Paul: *Liebesbriefe an Gala (1924–1948).* © Hoffmann und Campe Verlag, Hamburg 1987

Frances, Miriam, Hochzeitsnacht, aus: *Ich will den Tag noch vor dem Abend loben.* © Schneekluth Verlag GmbH, München 1983

Fried, Erich, Inschrift, aus: *Lebensschatten*. © Verlag Klaus Wagenbach, Berlin 1981, 2001

Gernhardt, Robert, Geständnis, aus: *Körper in Cafés*. © Robert Gernhardt 1987. Alle Rechte vorbehalten S. Fischer Verlag GmbH, Frankfurt a. M.

Gibran, Khalil: *Liebesbriefe an May Ziadeh*. Hrsg. und übers. von Ursula und S. Yussuf Assaf. © Walter Verlag, Düsseldorf 2000

Goll, Claire und Iwan: *Meiner Seele Töne*. Hrsg. von Barbara Glauert. Überarbeitete und erweiterte Lizenzausgabe Scherz 1978. © Wallstein Verlag, Göttingen

Hahn, Ulla, Gibt es eine weibliche Ästhetik, aus: *Herz über Kopf*. © Deutsche Verlags-Anstalt, München, in der Verlagsgruppe Random House GmbH 1981; Nie mehr, aus: *Unerhörte Nähe*. © Deutsche Verlags-Anstalt, München, in der Verlagsgruppe Random House GmbH 1988

Hall, Radclyffe: *Deine John. Die Liebesbriefe der Radclyffe Hall*. Aus dem Englischen übers. und mit einem Vorwort von Annette Huber. © edition ebersbach, Berlin 1999

Hesse, Ninon: *Lieber, lieber Vogel. Briefe an Hermann Hesse*. © Suhrkamp Verlag, Frankfurt a. M. 2000

Kahlau, Heinz, Ich liebe dich, aus: *Du. Liebesgedichte*. © Aufbau-Verlag, Berlin und Weimar 1971

Kahlo, Frida: *Jetzt, wo Du mich verläßt, liebe ich Dich mehr denn je. Briefe und andere Schriften*. Hrsg. von Raquel Tibol. Aus dem Spanischen und Englischen von Lisa Grüneisen und Jochen Staebel. © SchirmerGraf Verlag, München 2004

Kaiser, Jan, Betrachtung, aus: *Wie Schwech und Pefel. Liebeslustundlachgedichte*. Knaur Verlag, München 2003, als Hörbuch im Audiobuch Verlag, Freiburg i. Br. 2005. © Jan Kaiser

Kaléko, Mascha, Irgendwer, aus: *In meinen Träumen läutet es Sturm*. Hrsg. und eingeleitet von Gisela Zoch-Westphal. © Deutscher Taschenbuch Verlag, München 1977, 2005; Ich schreib dir einen Liebesbrief, aus: *Die paar leuchtenden Jahre*. Hrsg. und eingeleitet von Gisela Zoch-Westphal. © Deutscher Taschenbuch Verlag, München 2003;

Für Einen, aus: *Das lyrische Stenogrammheft. Kleines Lesebuch für Große.* © Rowohlt Verlag, Hamburg 1956

Kaschnitz, Marie Luise, Maß der Liebe, aus: *Überallnie. Ausgewählte Gedichte 1928–1965.* © Claassen Verlag in der Ullstein Buchverlage GmbH, Berlin 1965

Klíma, Ivan: *Liebesgespräche.* Aus dem Tschechischen von Anja Tippner. © Paul Zsolnay Verlag, Wien 2002

Kraus, Karl, Dein Fehler, aus: *Schriften.* Hrsg. von Christian Wagenknecht. Bd. 9: Die Gedichte. © Suhrkamp Verlag, Frankfurt a. M. 1989

Kraus, Karl: *Briefe an Sidonie Nádherny von Borutin. 1913–1936.* Hrsg. von Friedrich Pfäfflin. © Wallstein Verlag, Göttingen 2005

Maiwald, Peter, Man hört auf mich, aus: *Balladen von Samstag auf Sonntag.* © Deutsche Verlags-Anstalt, München, in der Verlagsgruppe Random House GmbH 1984

Mandelstam, Ossip: *Briefe an Nadeshda.* Hrsg. von Siegfried Heinrichs. © Oberbaum Verlag, Berlin 1989

Mansfield, Katherine: *Briefe.* Aus dem Englischen von Eike Schönfeld. © Insel Verlag Frankfurt a. M. 1992

Mayröcker, Friederike, manchmal; wie ich dich nenne, aus: *Gesammelte Gedichte 1939–2003.* Hrsg. von Marcel Beyer. © Suhrkamp Verlag, Frankfurt a. M. 2004

Montesquieu: *Persische Briefe.* Übers. und hrsg. von Peter Schunck. © Philipp Reclam jun., Stuttgart 1991

Ostermaier, Albert, pur, aus: *fremdkörper hautnah.* © Suhrkamp Verlag, Frankfurt a. M. 1997

Penzoldt, Ernst, Sand, aus: *Gesammelte Schriften.* Hrsg. von Ulla Penzoldt und Volker Michels. Bd. 6. © Suhrkamp Verlag, Frankfurt a. M. 1992

Pérez de Ayala, Ramón, Ein Augenblick der Liebe, aus: *Un instante de amor. Spanische Erzählungen aus dem frühen 20. Jahrhundert.* Auswahl, Übersetzung und Anmerkungen von Erna Brandenberger. © Deutscher Taschenbuch Verlag, München, 5. Aufl. 2004

Rambeck, Brigitta, Zufall; Du hast den Himmel auf den Kopf gestellt (aus: *Sommer*); Komm heim zu mir (aus: *Käthchen*). © Brigitta Rambeck

Remarque, Erich Maria: *»Sag mir, daß du mich liebst ...« Erich Maria Remarque – Marlene Dietrich. Zeugnisse einer Leidenschaft.* Hrsg. von Werner Fuld und Thomas F. Schneider. © Verlag Kiepenheuer & Witsch 2001, 2003

Rostand, Edmond: *Cyrano von Bergerac. Romantische Komödie in fünf Aufzügen.* Übers. von Ludwig Fulda. © Felix Bloch Erben GmbH & Co. KG, Verlag für Bühne, Film und Funk

Sandrock, Adele: *Adele Sandrock und Arthur Schnitzler. Dilly. Geschichte einer Liebe in Briefen, Bildern und Dokumenten.* Hrsg. von Renate Wagner. © Amalthea Verlag, Wien – München 1975

Schutting, Julian, Mein Immergrün; Manchmal; Schwerstvermißt, aus: *Liebesgedichte.* © Residenz Verlag, Salzburg und Wien 1982

Schwitters, Kurt, An Anna Blume, aus: *Das literarische Werk.* Hrsg. von Friedhelm Lach. © DuMont Literatur und Kunst Verlag, Köln 1974, 1998, 2004

Shaw, George Bernard: *Bernard Shaw. Briefwechsel mit seiner Freundin Stella Patrick Campbell.* Fischer Taschenbuch Verlag, Frankfurt a. M. 1981

Thalmayr, Andreas, Amara, aus: *Heraus mit der Sprache. Ein bißchen Deutsch für Deutsche, Österreicher, Schweizer und andere Aus- und Inländer.* © Carl Hanser Verlag, München – Wien 2005

Thomas, Dylan: *Die Liebesbriefe.* Aus dem Englischen von Margit Peterfy. © Carl Hanser Verlag, München – Wien 2004; *Unter dem Milchwald. Texte für Stimmen. Ausgewählte Briefe.* Hrsg. von Klaus Martens. Aus dem Englischen von Erich Fried, Klaus Martens und Margit Peterfy. © Carl Hanser Verlag, München – Wien 1996

Tschechow, Anton: *»Mein ferner lieber Mensch«. Anton Tschechow und Olga Knipper. Liebesbriefe.* Hrsg. von Jean Benedetti. © S. Fischer Verlag GmbH, Frankfurt a. M. 1998

Tucholsky, Kurt: *Unser ungelebtes Leben. Briefe an Mary.* Hrsg. von Fritz J. Raddatz. © Rowohlt Verlag, Reinbek bei Hamburg 1982

Wondratschek, Wolf: *Kelly-Briefe*. © Deutscher Taschenbuch Verlag, München 2006

Zola, Émile: Die Sünde des Abbé Mouret, aus: *Die Rougon-Macquart. Natur- und Sozialgeschichte einer Familie unter dem Zweiten Kaiserreich*. Hrsg. von Rita Schober. Aus dem Französischen von Elisabeth Eichholtz. © Rütten und Loening, Berlin 1964